진짜 행복을 찾고 싶은 너에게

진짜 행복을 찾을

_____ 에게

_____ 가

Contents

STEP 3
감정의 주인이 되기

STEP 4

나에게로 조금 더 가까이

당신도 행복할 수 있다

오늘, 엄마가 죽었다. 아니 어쩌면 어제. 잘 모르겠다.

알베르 카뮈의 소설 〈이방인〉처럼 기가 막힌 문장으로 시작하고 싶었다. 하지만 내 필력은 알베르 카뮈만큼 뛰어나지 못하다. 그렇다면 좋은 글을 위해 내가 할 수 있는 방법은 하나, 바로 진심을 담는 것이다. 나 자신의 이야기를 진정성 담아 쓰는 게 내가 할 수 있는 최선의 방법이었다. 그래서 이 이야기가 찬찬히 스며 당신의 삶에 행복을 가져다주길 간절히 바라는 마음으로 썼다.

변진서라는 사람은 누구길래 사람들에게 진짜 행복을 찾아준다는 걸까? 이런 생각을 할지도 모른다. 그러나 이것 하나만큼은 자신 있게 말할 수 있다. 나는 지금 아주 행복하고, 이 행복은 누구나 누릴 수 있으며 또 누릴 자격이 있다고. 내가 행복을 찾고 삶을 즐기며 살게 되었듯이 당신도 그런 삶을 살 수 있다, 무조건.

나는 어릴 적 자신을 사랑하지 못하는 사람이었다. 꽤 오랜 세월 자기 자신을 잃은 채로 살았다. 내가 누구인지, 어떤 걸 좋아하는지, 어떤 욕망을 가진 사람인지 몰랐다. 자신에게 무지했다. 자신을 잘 모르니 자신감이 있을 리가 없었다.

높은 자존감으로 당당하고 멋있게 살고 싶지 않은 사람이 있을까? 그런 삶을 살고자 많은 책을 읽고, 영상을 보고, 운동을 하고, 사람들을 만났다. 하지만 목표에 쉽사리 도달하지 못했다. 왜냐하면 행복이라는 보물은 내 안에 있는데, 그걸 자꾸만 밖에서 찾았기 때문이다. 실패하지 않으려면 외부로 향하던 시선을 내부로 돌려야 한다. 내 안에 이미 행복이 존재하고 있으니까.

이 세상의 모든 개개인은 그 존재 자체로 특별하다. 학벌이 좋지 않더라도, 좋은 직장을 다니지 않더라도, 외모가 뛰어나지 않아도 특별하다. 자신의 모든 외적 요소를 떼어 내도 존재만으로 특별하다는 걸 믿는다면 그 사람은 빛날 수밖에 없다.

한 사람 한 사람의 인생 이야기가 중요하기에 그 믿음으로 내 이야기를 썼다. 현실적이고 일상적인 삶을 살아온 평범한 내 이야기는 특별하다. 실제로 존재하며, 살아있는 오직 한 사람만의 이야기이니까. 나는 행복을 갈구했고 행복을 찾아다녔다. 그리고 결국 찾았다.

한 평범한 인간이 행복을 찾아 떠나는 여정. 이 여정이 당신이 무언가 도전하는 데에 용기를 줄 수 있길 소망하며. 내가 그랬듯 당신도 진정한 자신에게 이르는 길을 걷길 바라며.

책을 읽는 방법

심장이 뛰는 문장을 접할 때가 있다. 그 기적 같은 기분은 내가 지금 고민하는 문제에 대한 해답을 주는 문장을 만날 때 느낀다. 해방감을 주는 책. 예전에도 읽었던 문장이지만 그때는 평범했다. 하지만 갑자기 특별하게 다가온다. 내 상황, 고민에 맞아떨어졌기 때문이다. 좋은 책이란 지금 나에게 필요한 걸 알맞게 던져 줘서 '맞아, 이거야!'라는 앎의 경험을 하게 해 주는 책이다. 그렇기에 나는 당신이 이 책을 곁에 두고 마음이 혼란스러울 때 아무 페이지나 펼쳐서 읽어 줬으면 한다. 시의적절하게 만난 문장이 당신의 혼란을 잠재워 준다면 이 책은 당신에게 좋은 책이 될 테니까. 이 한 권이 당신에게 해방감을 느끼게끔 하는 책이 되길 바란다.

그러니 의무감에 처음부터 끝까지 읽으려 할 필요는 없다. 나는 평소에도 책을 처음부터 끝까지 읽는 걸 추천하지 않는다. 한 권을 펼쳤다면 끝까지 읽어야 한다는 마음가짐이 오히려 다음 단계로 나아가지 못하게 한다. 한 문장만 읽어도 좋고, 한 페이지만 읽어도 좋다. 어쨌든 이 책을 특별하게 만들어 줄 수 있는 건 당신이다.

온 진심을 다해 쓴 책이니 이 책이 당신에게 좋은 책이 되었으면 좋겠다.

STEP 1

✦

네가 진짜로 원하는 게 뭐야?

✦

✦

✦

✦

✦

01

사랑하면 알게 됩니다

너는 안이하게 살고자 하는가? 그렇다면 항상 군중 속에 머물러 있으라. 그리고 군중에 섞여 너 자신을 잃어버려라. _니체

"어떤 삶을 살고 싶어? 네가 원하는 삶은 뭐야?"라고 물었을 때, 바로 대답할 수 있는 사람이 몇이나 될까? 강연에 참석한 분들에게 여러분이 진짜 하고 싶은 게 무엇이냐고 물으면 대답이 한번에 나오는 경우가 별로 없다. 우리가 무언가를 새로 시작하기로 마음먹은 동기를 지금 한 번 떠올려 보자.

남들이 다 하니까, 요즘 이게 돈이 된다고 하니까, 이 일을 하는 게 멋있어 보여서, 주변에서 이 일을 한번 해 보라고 하니까.

동기를 살펴보면 전부 외부의 요인이 작용하고 있다는 걸 알 수 있다. 우리는 어떤 삶을 살아야 할지, 어떤 일을 하고 싶은지에 답을 내리기 위해 내면으로 깊이 들어가 본 적이 별로 없는 것이다.

진짜 나는 무엇을 원하는가. 나는 어떤 사람인가. 나의 욕망은 어디에 있는가.

우리는 누구나 이에 대한 답을 알고 있다. 왜냐하면 답은 이미 내 안에 있으니까. 내가 진짜 원하는 게 무엇인지 알 수 있는 사람은 우주에 나 하나밖에 없다. 지금도 그 답은 내 안에서 자신을 찾아 주길 기다리고 있다. 우리는 다양한 체험을 하고 여행을 가고 여러 사람을 만난다. 내가 진짜 원하는 게 무엇인지를 외부에서 열심히 찾아보지만 그 시도는 대부분 실패로 끝난다. 너무 당연한 결과다. 답은 내부에 있기 때문이다. 이 책을 읽는 동안은 외부로 향했던 시선을 나의 내면으로 돌렸으면 한다.

경청이 중요하다는 건 모두가 안다. 그런데 우리는 정작 내면의 소리에 경청해야 할 필요성을 느끼지 못하고 있다. 내면의 소리에 귀를 기울인다는 것은 자신에 대한 존중이자 사랑의 표현이다. 자신의 목소리에 경청할 줄 아는 사람은 타인의 소리에도 진정으로 경청할 줄 알게 된다. 내 안의 목소리가 지치기 전에, 목이 쉬기 전에 하루빨리 귀 기울여 보자. 자신을 이해하는 일은 진정한 자기 사랑의 첫걸음이다.

아무것도 모르는 자는 아무것도 사랑하지 못한다.
아무 일도 할 수 없는 자는 아무것도 이해하지 못한다.
아무것도 이해하지 못하는 자는 무가치하다.
그러나 이해하는 자는 또한 사랑하고 주목하고 파악한다.
한 사물에 대한 고유한 지식이 많으면 많을수록
사랑은 더욱더 위대하다.

모든 열매가 딸기와 동시에 익는다고 상상하는 자는
포도에 대해 아무것도 모른다.

_파라켈수스, 에리히 프롬 〈사랑의 기술〉 中

에리히 프롬의 〈사랑의 기술〉 맨 첫 장에 있는 글이다. 여기에서 한 사물에 대한 고유한 지식이 많으면 많을수록 사랑은 더욱더 위대하다는 문장에 집중해 보자. 내가 진짜 원하는 게 무엇인지 답을 못하는 상태라면 자신에 대한 고유한 지식이 부족하다는 의미이고, 이는 곧 자신을 사랑하기 힘든 상태라는 걸 말한다. 사랑이라는 것은 이해하고 주목하고 파악하는 데에서 나오기 때문이다.

나는 나에게 얼마큼 관심이 있었나,
나에 대해 얼마나 알고 있나.

철학이라는 단어는 영어로 philosophy다. 이 단어의 어원을 살펴보면 고대 그리스어로 사랑을 의미하는 philo와 지식과 지혜를 의미하는 sophia에서 유래되었다. 그래서 일반적으로 philosophy를 '지혜를 사랑하는 것'이라고 해석한다.

이 해석을 뒤집어 보면 어떨까? 신기하게도 인식의 전환이 일어난다. '사랑하면 이해하게 된다.', '사랑하면 알게 된다.'로 말이다. 우리는 누군가와 사랑에 빠지면 상대를 더 알고 싶어서 관심을 갖는다. 누군가에 대한 관심은 곧 사랑에 빠졌다는 증거이기도 하다. 또 역으로 말하면 무관심은 사랑이 아니라는 결론이 나온다. 생각해 보라. 우리가 그동안 자신의 마음에, 감정에, 욕망에 얼마나 무관심했는지를. '나'라는 사람을 진정으로 사랑한다면 본인의 내면에 관심을 가질 거고, 진짜 마음을 알려고 할 것이다.

나답게 살아간다는 건 내가 무엇을 원하는지 '정확하게' 안다는 것이다. 자신이 무엇을 원하는지 정확하게 아는 사람은 표현도 명확하다. 남들이 다 YES라고 해도 NO라고 할 줄 아니까. 파도에 휩쓸리지 않는다. 모두가 좋아한다고 따라서 좋아하지 않는다. 그렇기에 나답게 살아가는 사람은 개성이 넘친다. 그 개성은 매력이 된다. 사람을 끌어당기는 사람은 자신이 가야 할 길을 명확하게 알고 주체적으로 살아간다. 누군가에게 이 책은 나다움을 찾아가는 여정이 될 것이다. 자존감을 높여 줄 것이다. 당신의 인생에서는 당신이 주인공이라는 걸 알게 될 테니까.

02

왜 나는 나를 모를까

내면의 소리를 듣기 전에 우리가 왜 "너는 어떤 삶을 살고 싶어?", "네가 원하는 삶은 뭐야?"라는 질문에 말문이 막히게 되었는지부터 알아보자. 시간을 거슬러 학창 시절로 돌아가 보면 초등학교, 중학교, 고등학교 생활은 대학에 진학하기 위한 시간이었다. 우리는 입시가 가장 중요하다고 생각하는 대한민국 국민이니까.

'공부를 왜 해야 하지?', '왜 문학과 수학을 배워야 하지?' 대답은
⇨ 대학에 가기 위해서.

그럼 '대학교에 왜 가야 하지?' 대답은 아마…
⇨ 남들도 다 가니까.

내가 그랬듯 위의 대답이 곧 당신의 대답이지 않을까. 그때부터 우리는 질문하지 않았고 대답하지 않게 되었다. 묻지도 따지지도 않고 남들처럼 살기 위해 자아 탐구, 자기 이해는 뒤로 미뤄 둔 채 공부해야만 했으니까. 그러니 '네가 진짜 원하는 게

18

뭐야?'라는 질문에 '남들처럼 사는 것'이라는 답을 할 수밖에 없고, 타인이 욕망하는 것을 마치 내가 욕망하는 것이라 굳게 믿어 버렸다.

학교는 스스로 생각하는 법, 자아실현 하는 법을 알려 주는 곳은 아니다. 소크라테스가 몇 세기, 어느 지역에 살았고 어떤 논증을 썼던 철학자인지는 배워도, 왜 '너 자신을 알라.'라는 메시지를 남겼는가에 대해서는 생각해 볼 기회를 주지 않는다. 보통의 학교는 입시가 전부인 치열한 경쟁의 장이다. 그런 세계 속에서 십수 년 이상 어떻게 경쟁에서 살아남을지만 고민했다. '나는 누구인가.'라는 질문은 생각도 않고 살았는데 이제 와서 '이게 네가 진짜 원했던 삶이 맞아?'라고 질문한다면 머리가 지끈거리는 게 당연하다.

한 온라인 취업포털 사이트에서 대학생을 대상으로 "전공 선택을 후회한 적이 있습니까?"라는 설문의 결과 중 72.7%가 '후회한 적 있다.'라고 대답했다. 그리고 처음 전공을 선택한 이유에 대해서는 약 60%가 내가 그랬듯 성적, 취업, 부모님 의사 등에 따라 갔다고 한다.

대한민국 국민이라면 선호하는 일반적인 루트가 보이지 않게 존재한다는 것에 대부분 동의할 것이다. 이 루트대로 살면 행복이 보장되어 있다고. 남들 하는 만큼 하고 사는 게 가장 좋다고. 부모님과 선생님께 귀에 딱지가 앉도록 들었다. 주입식 교육은 대부분의 학생에게 이런 행복관을 주입하는 데에 성공했다. 삶의 일반적인 루트에 행복이 있다고 믿게 되었으니 말 다했다. 그렇게 이뤄 낸 첫 성취가 대학 진학이었을 텐데, 막상 대학에 진학하고 보니 이건 내가 원하던 게 아니라는 께름칙한 기분을 느꼈을 것이다.

저 루트가 문제라고 말하는 게 아니다. 오해하지 말았으면 한다. 우리가 전공, 직업군, 결혼, 출산 등 인생의 중요한 선택을 할 때 무엇을 기준으로 결정했는지 되돌아보자는 것이다. 과연 내가 진짜 원해서 선택했을까? 아니면 부모님이 원해서, 좋은 대학이라서, 연봉이 높아서, 적령기가 되어서 등처럼 내 내면의 소리와 상관없이 사회의 흐름에 맞는 가장 보편적인 선택을 한 것인가에 대한 문제이다.

실제로 주변 지인들에게서 심심찮게 봤던 모습이다. 열심히 노력해서 대기업에 취직하고, 공기업에 들어가고, 전문직이 되는 등 남들이 보기에 훌륭한 직업을 갖는 데에 성공한 사람이 꽤 있다. 그들은 처음에 목표를 이뤘다는 기쁨을 느끼지만 막상 그 생활을 반복하다 보면 점점 무기력해지거나 권태감을 느낀다.

그러면 그들은 좋은 직장을 갖고도 우울해하는 자신이 만족을 모른다고 생각한다. 처음에 목표를 달성했다는 뿌듯함, 성취감 이외에 그 업무를 함으로써 느끼는 희열과 환희, 자기 효능감, 공헌감 등이 없다면 무기력과 권태감은 피할 수 없는 숙명과도 같다. 세상 사람들이 인정해 주고, 부모님이 자랑스러워하는 직장을 얻고, 늘어난 소득으로 생활에 불편함이 없으며 대출받으면 집이나 차를 살 수 있는 수준이 되었음에 대한 만족. 즉 타인의 욕망에 수준을 맞췄다는 것에 대한 뿌듯함은 한순간이기 때문이다. 만족의 기준이 외부에만 있다면 지속성이 부족하다.

당신이 열심히 노력해서 목표를 성취한 후 그 생활을 반복하면 두 가지 중 한 가지를 느끼게 된다. 1) 희열과 행복, 2) 따분함과 공허함.

만약 당신이 목표를 이루고 업무를 하면서 샘솟는 에너지와 희열, 행복감을 지속한다면 당신은 진정으로 원하던 걸 찾았다고 볼 수 있다. 이 샘솟는 에너지 덕분에 어려운 일도 잘 극복할 수 있게 된다. 반대로 목표를 이룬 순간에는 기뻤지만 시간이 지날수록 점점 따분함이나 환멸, 무기력을 느낀다면 그건 아직 당신이 진짜 원하는 게 무엇인지 모른다는 의미이다.

이런 이유로 많은 사람이 진정으로 내가 원하는 길이 아닌 '대한민국 국민이라면 선호하는 일반적인 루트'에 맞춰 살다가 결국 환멸과 무기력을 느끼게 된다.

나는 한국을 좋아한다. 한국의 훌륭한 역사를 담은 영화(일명 국뽕 영화)를 보면서 감동하고 한국 영화나 드라마, K-pop이 전 세계인의 관심과 사랑을 받는 모습을 보며 내 일처럼 기뻐한다. 해외여행을 가면 하루가 지나기도 전에 라면과 김치를 찾는 진정한 K-입맛을 가지고도 있다. 그중에서 가장 좋아하는 건 한국의 국민성이다. 우리나라 근현대사만 봐도 한국 사람들이 얼마나 열정적이고 성실한지 알 수가 있다. 내가 갑자기 국민성을 이야기하는 이유는 우리나라 사람들이 입시에 이렇게 열정적이고, 성공에 몰입하는 현상 또한 '대한민국 국민이라면 선호하는 루트'에 행복이 있다고 믿었기 때문이라는 걸 말하고 싶어서다. 거기에 행복이 있다고 믿었기에 우리들은 최선을 다해서 목표를 이루려고 했을 뿐이다. 미래의 목표를 위해 현재를 희생하고 피나는 노력을 했는데 성취 후 여기엔 행복이 없다는 걸 느끼면 무력해지는 게 당연하다. 우리나라 사람들은 행복이 자신의 내면에 존재한다는 걸 알게 된다면 분명 행복을 추구하기 위해 열정적으로 자신의 내면을 탐구할 것이다. 한국 사람들은 그런 사람들이니까.

개인적으로 배울 부분이 많아 좋아하는 분이 있다. 바로 육아 대통령이라고 불리며 대한민국 육아계에 매직을 불러일으키고 있는 정신건강 의학과 의사 오은영이다. 오은영 박사님의 넓은 이해심과 통찰력, 온화함 등을 배우고 싶어서 〈금쪽같은 내

새끼〉나 〈금쪽 상담소〉를 자주 챙겨 본다. 어려움을 겪는 사람들이 그녀의 상담을 통해 치유와 깨달음을 얻고 가는데, 출연한 사람들이 박사님의 이야기를 들으면 하나같이 하는 말이 있다. '어? 맞아요. 어떻게 아셨어요?', '뭔지 알 것 같아요.'

나는 이걸 보면서 내담자가 자신이 원하는 것과 문제의 원인에 대해서 이미 스스로 알고 있다고 느꼈다. 불안과 걱정이라는 장막 때문에 정확하게 인지하지 못하고 있었을 뿐이라고. 그분이 사람들에게 사랑받는 이유가 있다. 내담자가 스스로 듣지 못하던 내면의 소리를 대신 들어 주고, 알기 쉽게 정리해 내담자에게 전달한다. 그러면 상담받는 사람이 미처 외면하고 있었거나 듣지 못하고 있던 진짜 내면의 소리를 알아차리게 된다. 한마디로 내담자가 진짜 원하는 게 무엇이었는지 알려 준다는 뜻이다. 실제로 그 프로그램에서 오은영 박사님은 사람들에게 자신의 내면에 집중해 보라는 말을 자주 한다. 여기서 우리가 눈여겨봐야 할 포인트는 그분이 내담자에게 세상에 없던 해답을 창조해 주는 게 아니라 이미 그 사람의 마음에 있던 해답을 꺼내 줬다는 것이다. 달라진 건 세상이 아니라 오직 그 사람의 앎뿐이다.

일본의 심리학자 기시미 이치로의 〈미움받을 용기〉라는 책에서도 사람은 마음먹은 순간부터 당장 행복해질 수 있다고 했다. 우리는 행복이든 평온이든 욕망이든 모든 걸 외부에서 찾아야 한다고 생각하지만 이 모든 건 내가 마음먹기에 따라 지금 당장도 이룰 수 있다는 게 〈미움받을 용기〉라는 책의 핵심 내용이다.

답은 이미 내 안에 있는 것!

오은영 박사님은 의학 박사이기도 하고, 수많은 환자를 대하며 쌓은 실력과 통찰력으로 내면의 소리를 빠르게 캐치할 수 있다. 그러나 우리는 그런 공부도 훈련도 해 본 적이 없기에 시간이 오래 걸릴 수밖에 없다. 그렇지만 포기하지 않고 내 내면의 소리에 집중하다 보면 그분에게 상담받지 않더라도 문제 원인과 해결법을 내 안에서 스스로 찾을 수 있다. 나의 내면을 알아차리는 게 익숙해지면 나아가 타인의 내면도 알아차릴 정도가 될지도 모른다. 우선 내 마음에서 울려 퍼지고 있는 소리부터 들어 보자.

지금 전공, 직업이 진짜 당신이 원하는 게 맞나요?
지금 당신의 삶, 진짜 원했던 게 맞나요?

이 책을 읽는 동안은 이제껏 외면해 왔던 당신의 진짜 소리를 듣는 시간이 되었으면 한다. 당신의 내면은 지금도 외치고 있으니까.

'나는 이걸 원해! 내가 진짜 원하는 삶은 이거야!'

이 책을 통해 세상이 말하는 행복한 삶 말고, 당신이 말하는 행복한 삶을 찾을 수 있길 바란다.

03

자신을 잃었다는 증거

하루 종일 내가 어떤 생각을 하는지 인지해 본 적이 있는가. 지금부터 나와 함께 본인이 하루에 어떤 생각을 늘 하는지 인지하는 시간을 가져 보자. 눈뜨자마자 하는 생각은 분명 이런 종류일 테다. '아, 피곤해.', '으악, 움직이기 싫어.', '그래도 하긴 해야지.', '회사 언제 때려치우지?'

출근길, 운전할 때는 또 이런 생각을 한다. '왜 이렇게 막혀?', '앞에 사고 난 건가? 하필 오늘이야… 운도 없네.', '아침부터 빵빵대고 그러는 거야.', '또 신호 걸렸어? 신호가 지독하게도 안 받네.' 운전 중에 누가 위험하게 끼어들기라도 하면 곧장 욱하기도 한다. '저 미친 XX, 운전을 왜 저딴 식으로 해?' 아침부터 운이 나쁘다고 툴툴거리며 출근한다.

그렇게 업무를 시작하면 또 이런 레퍼토리가 시작된다. '아, 메일 엄청 와 있네. 언제 다하지?', '점심이 아직 3시간이나 남았네?', '퇴근하고 싶다.'

눈뜨자마자 '오늘도 새로운 하루가 시작되었다! 활기차게 하루를 보내 볼까?'라고 생각하는 사람은 거의 없다. 대부분은 위의 예시처럼 부정적인 생각이 꼬리에 꼬리를 물고 일어나는 게 훨씬 익숙하다. '못 하겠어.', '귀찮아.', '하기 싫어.', '역시 난 안 돼.', '짜증 나.', '뭐 어쩌라고…', '왜 저래?'

그런데 이런 생각을 매일, 평생 반복한다면 그 사람은 당연히 불행해지지 않을까? 이런 생각들은 무기력을 반복하게 만든다. 그렇다면 우리는 왜 이렇게 부정적인 생각에 물드는 걸까?

나는 유독 멘탈이 약하다. 일명 유리 멘탈이라고도 불린다. 하기 싫은 일을 억지로 해야 하면 무기력해지고, 날씨가 좋지 않으면 무기력해지고, 컨디션이 나쁜 날에 또 무기력해지고, 악플이라도 하나 발견하면 무기력해지고, 오늘은 왜 이렇게 힘이 빠지나 싶으면 무기력해지고. 이렇게 무기력은 마치 나와 한 몸인 것 마냥 내 옆에 착 붙어 있었다. 그래서 한때 무기력은 어쩔 수 없이 평생 함께 가야 할 원수 같은 존재라고 생각했다. 무기력을 받아들일 수밖에 없는지, 거기서 헤어 나올 방법은 없는 것인지. 깊은 무력감에 빠져 허우적대던 나는 괴로운 마음으로 제목에 무기력이라는 단어가 들어간 책을 찾아 읽었다.

과연 지혜로운 사람들은 무기력을 어떻게 벗어났을까? 무기력 극복에 많은 도움을 받아 내 유튜브 채널에 리뷰한 책이 바로 에리히 프롬의 〈나는 왜 무기력을 되풀이하는가〉와 다미앵 클레르제-귀르노의 〈무기력한 날엔 아리스토텔레스〉이다. 둘은 다른 시대에 나온 책이고, 저자도 다르지만 관통하는 메시지는 비슷했다. 다미앵 클레르제-귀르노의 〈무기력한 날엔 아리스토텔레스〉라는 책은 삶에 무기력이 찾아왔을 때 아리스토텔레스의 철학을 어떻게 적용하여 극복할 수 있는지 알려 주는 철학 실용서이다. 이 책을 통해서 내가 왜 무기력을 반복하는지를 깨달았고, 그 이후로 무기력이 찾아오는 횟수가 현저히 줄어들었다.

아리스토텔레스 윤리학은 '인간이라면 누구나 자신의 탁월함을 발견하고 그것을 발현해서 사회에 도움이 되는 존재가 되고 싶은 욕망이 있다는 것'을 전제로 한다. 즉 인간이라면 누구나 탁월함의 욕망을 갖고 있다는 의미이다. 여기서 탁월함이란 자신을 활짝 피워 낼 수 있도록 해 주는 속성을 의미한다. 그러니까 우리의 행동이 완벽함을 띠는 순간은 우리의 능력과 탁월함이 제대로 구현될 때라는 것이다.

이 전제에 따라 무기력의 원인을 판단해 보자. 당신이 자꾸 무기력해지는 이유는 둘 중 하나일 가능성이 높다. 하나, 자신의 탁월함을 발견하지 못했거나. 둘, 탁월함을 발현하지 못하고 있거나.

내가 칼로 태어났다고 가정해 보자. 칼이라는 존재는 무언가를 썰 때 탁월함을 가지기 때문에 주방에 있거나 수술실에 있어야 완벽한 행동을 할 수 있다. 그러니 침실이나 소파 위에서 이불이나 쿠션 역할을 하고 있다면 탁월함을 발현하지 못하는 상태가 된다. 그렇기에 나는 무기력해질 수밖에 없다. 이 칼이 행동의 완벽함을 띠어서 무기력하지 않으려면 자신이 무언가를 썰어야 하는 존재라는 걸 발견하고, 그 능력을 발현할 수 있는 곳에서 일해야 한다. 주방이나 수술실로 가야 한다는 것이다. 그런데 수술실이나 주방에 가기 위해서는 내가 칼이라는 존재이고 날카로운 특성을 가졌다는 사실부터 알아야 한다. 그래야 적절한 곳에서 탁월함을 발현할 수 있으니 말이다.

당신의 무기력함, 그 시작에는 자신이 어떤 특성을 가진 사람인지 모른다는 게 깔려 있지 않을까 한다. 내가 칼인지 가위인지 자동차인지 알아야 한다는 말이다. 일단 내가 어떤 사람인지 인지하고 있어야 주방 또는 도로 등 내가 힘쓸 수 있는 곳을 정할 수 있다. 사회는 우리 개개인 고유의 탁월성을 무시한 채 천편일률적인 루트를 강요하고 있다. 하지만 루트는 인구수만큼 많고, 다양하게 존재한다. 한 사람 한 사람마다 개인의 특성이 담긴 고유한 루트가 있다는 뜻이다.

혹시 탁월성이라는 단어에 주눅이 드는 사람이 있다면 그러지 않아도 괜찮다. 여기서 탁월함이라는 건 김연아 선수나 손흥민 선수처럼 아무나 할 수 없는 특출난 능력을 말하는 게 아니다. 누구보다 잘하는 일이 아니라 내가 할 수 있는 일 중에 유독 잘하거나, 유독 재미를 느끼거나, 유독 마음 가는 방향을 의미하는 표현이다. 그것이 아무리 소소한 일이라도 내게 잘 맞고 사회생활도 잘하고 있다면 그게 바로 탁월함을 발현하며 사는 삶이다.

　나는 대학교 행정실에서 일했었는데, 10년 이상 근무한 직장 동료가 이런 이야기를 했다. 대학원 입시 업무를 하면서 입학했던 대학원생이 학업을 무사히 마치고 졸업하는 과정을 지켜보면 그 길에 자신이 도움을 줬다는 사실이 굉장히 뿌듯하다고. 나는 그 이야기를 듣고 많이 놀랐다. 직장 생활이 마냥 지루하고 재미없다고만 느꼈기에 내가 하는 일이 그런 종류의 뿌듯함을 느낄 수 있는 직업이라고 미처 생각하지 못했다. 그래서 직장을 오래 다니는 사람들을 볼 때면 지루한 일을 잘 버틸 수 있는 인내심이 대단한 성향이라고만 생각했다.

　그런데 그 직장 동료의 이야기를 듣고 내가 내 기준에 맞춰서 판단하는 실수를 범했다는 걸 깨달았다. 나는 내가 공부하고 배운 내용을 영상이나 글, 사진 등의 콘텐츠로 만들어 전달하고 그게 다른 이들에게 도움이 됐을 때 뿌듯함을 느끼는 사람이다. 때문에 틀이 정해져 있고, 반복되는 업무를 하는 직장에서는 무기력을 종종 느꼈다. 반면에 직장 동료는 학교에서 대학원생이 무사히 졸업할 수 있도록 서포트하는 일에 뿌듯함과 자기만족을 느꼈기에 환경이 여의치 않아도 10년 동안 한자리에서 근무할 수 있던 것이다. 직장 동료와 내가 뿌듯함을 느끼는 행위나 방법이 다를 뿐 적성에 맞고 사람들에게 도움을 준다는 본질적 이유는 같았다. 실제로도 그 동료는 새로운 업무 제안이나 제도 개편에 대한 아이디어가 많았고 책임감을 가지고 일에 임하고 있었다. 나중에 들은 소식으로는 그분이 학교에서 더 중요한 부서로 가게 되었다고 한다. 그분은 그곳에서 탁월함을 잘 발휘하고 있었다.

이렇듯 탁월함이라는 건 특별한 일을 한다고 발휘되는 게 아니다. 내 적성에 맞는 일을 하며 타인에게 또는 세상에 공헌하고 있다는 생각이 들 때 진정 나타나는 것이다.

탁월함을 발견해서 타인에게 공헌하고 있다는 생각이 들 때 우리는 무기력에서 벗어날 수 있다. 만약 지금 당신이 무기력하다면 타인의 욕망 형태를 곧 내 욕망이라 생각하고 맞지 않는 옷을 입고 있을 가능성이 높다. 또, 사회나 타인에게 기여한다고 느끼지 못해서 일지도 모른다. 나 자신을 잃었다는 표현, 잔인하지만 그게 맞을 수도 있다.

그래도 희망적이지 않은가. 당신이 진짜 원하는 게 무엇인지 알고 당신이 이 세상에서 어떤 도구로 쓰일 수 있는지를 알게 된다면, 그 일을 통해서 세상에 기여하면 무기력에서 벗어날 수 있다. 아니, 무기력에서 벗어나는 걸 넘어서 행복을 얻을 수 있다!

나 역시 하기 싫은 일을 억지로 할 때보다 내 적성에 맞는 일을 찾고, 사회에 공헌한다는 공헌감을 장착한 후로는 부정적인 말이 많이 줄었다. 아침에 눈을 떠서 하는 말이 '아, 하기 싫어. 귀찮아…'에서 '지금 준비하는 걸 잘하려면 어떻게 하는 게 좋을까? 빨리 움직여야겠어.'로 바뀌었다. 마음의 여유가 생기니 운전 중 누가 급하게 끼어들어도 욕하지 않는다. 급한 이유가 있겠지라고 생각하며 넘긴다.

여기까지 읽으면 '이제 와서 직업군을 바꿀 수도 없는데 그럼 나는 평생 무기력을 반복하면서 살라는 건가?'라는 의문이 들 수도 있겠다. 하지만 무기력의 핵심은 '자기 자신을 잃은 것'이기 때문에 굳이 직업을 바꾸지 않아도 된다. 바로 다음에 소개될 내용을 통해서 부조리한 삶에 나만의 의미를 찾거나 자신과의 대화로 내면의 소리를 듣는다면 내 환경을 바꾸는 것과 상관없이 당장이라도 무기력에서 벗어날 수 있기 때문이다.

그러니 이제 선택해 보자.

편하지만 나를 잃은 채 영원히 무기력을 되풀이하기	VS	머리가 지끈거리지만 내가 진짜 원하는 걸 알고 무기력에서 해방되기

04

무기력에서 벗어나는 법

4-1 평범, 그 위대함에 대하여

우리는 그냥 태어났다. 이유가 있어서 태어난 사람은 없을 것이다. 대통령도 태어날 때부터 한 나라의 대통령이 되리라는 사명을 갖고 태어난 게 아니다. 인간은 태어난 이유가 없기에 내가 '왜' 태어났는지 아무리 고민해 보아도 결국 태어난 이유가 없다는 답뿐이다. 그러나 지금 '태어난 이유가 없으니 내 삶은 무가치하다.'라는 허무주의적인 결론을 내리자는 게 아니다. 오히려 태어난 이유가 없다는 건 희망적이고 창조적일 수 있다는 이야기를 하고 싶다.

먼저 내가 태어난 데에는 아무 이유가 없다는 부분을 인정해 보자. 태어난 이유가 없다는 걸 인정하면 우리는 더 이상 태어난 이유를 찾으려 애쓸 필요가 없어진다. 내가 '왜' 태어났는지, 나는 도대체 '왜' 사는지에 집중하기보다 내 인생에 '어떤 의미'를 부여할 것인지, 앞으로 '어떻게' 존재할 것인지, 즉 존재에 집중하면 된다. 이 책을 읽은 순간부터 '나 왜 살지?', '난 왜 태어난 거지?'라는 생각을 멈추길 바란다. 만약 그런 생각이 들면 바로 알아차리고 '그렇다면 어떻게 살아갈까?', '앞으로 어떤 사람이 되어야 할까?'라는 생각으로 바꾸어 보자.

내 인생에 어떤 의미를 부여할 것인지를 고민하면 우리는 자연스럽게 다음과 같은 생각을 떠올린다. '내가 의미 있게 생각하는 일은 무엇인가?', '나는 무엇을 좋아하는가?', '그렇다면 나는 어떤 일을 선택해서 어떤 태도로 살아가야 하나.' 등등 일명 생산적이지만 골머리 아픈 문제들을 키워 낸다. 우리는 이런 문제에 직면하면 머리가 지끈거리고 버거워 문제에서 회피하고 싶어진다. 하지만 피하지 말자. 이런 문제들은 다행히도 답이 있다. '왜' 태어났는가에 대한 답은 없지만 어떤 삶이 의미 있는가에 대한 답은 있다.

실존주의는 내가 무기력에서 벗어나는 데에 큰 도움이 된 사상이다. 실존주의를 대표하는 소설인 〈이방인〉이나 〈변신〉을 처음 읽으면 일반적으로 그로테스크한 느낌을 받는다. 그래서 실존주의 소설을 불편해하는 사람도 있다. 하지만 알고 보면 실존주의 문학은 주체적이고 수용적인 삶의 자세를 제시한다. 또 더 면밀히 관찰하면 굉장히 희망적인 메시지를 던지고 있다는 걸 알 수 있다.

부조리성과 반항의 의욕을 철학적으로 설명한 책이 카뮈의 에세이 〈시지프의 신화 神話〉이다. 시지프 신화의 내용을 통해 실존주의에 관해서 설명해 볼까 한다.

시지프는 신을 노하게 한 죄로 평생 바위를 산 정상으로 옮겨야 하는 형벌을 받는다. 이 형벌은 엄청 큰 돌덩이를 힘겹게 산 위에 올려놓으면 다시 아래로 굴러떨어져 같은 행위를 무한 반복하게 만든다. 그럼 또 산 위에 올려놓아야 하고, 고생해서 정상에 두면 다시 굴러떨어져서 처음부터 시작해야 하고… 이런 무의미한 일을 매일매일 반복하는 벌이다. 무거운 돌덩이를 죽을 때까지 옮겨야 하는 벌을 받는 시지프가 불쌍하게 여겨질지도 모르겠다. 그런데 이 모습은 우리의 모습과도 별반 다르지 않다.

아침 6시에 일어나

개밥 줘 소밥 줘 할머니 밥 차려 드려

깨밭에 가서 깨 털어 비 오면 고추 걷어

아침 6시에 일어나

개밥 줘 소밥 줘 할머니 밥 차려 드려

깨밭에 가서 깨 털어 비 오면 고추 걷어

아침 6시에 일어나

개밥 줘

⋮

많은 사람이 공감하고 좋아했던 이진호의 농번기 랩 가사다. 매일 노동을 반복하며 사는 삶을 보니 내일 출근하고, 퇴근하고, 자고, 다시 출근하는 본인의 삶이 겹쳐 보이지 않았을까 싶다. 이것이 바로 카뮈가 말하는 인간이 살아가는 삶, 무의미한 행위를 반복하는 부조리한 삶이다.

정말 다행인 건 나만 그런 게 아니라 모든 인간이 부조리함에 내던져져 있다는 것이다. 우리의 삶이라는 건 애초에 돌덩이를 매일 옮겨야 하는 무의미한 일의 반복처럼 부조리하다. 알베르 카뮈는 이런 부조리함을 피하고, 두려워하고, 벗어나려고 하기보다 삶이란 원래 부조리한 것임을 받아들여 이 형벌에 맞서서 견뎌 내라는 메시지를 전한다. 여기서 '맞서서 견뎌 내.'라는 말의 의미는 마냥 버티라는 뜻이 아니다. 삶에 스스로 의미를 부여해서 부조리한 삶을 잘 살아 내라는 지혜가 담겨 있다.

내가 생각했을 때 가치 있는 것 중 쉬운 건 단 하나도 없다. 만약 당신이 가치 있고 고귀한 것들을 쉽게 쉽게 얻고 싶다고 한다면 나는 이렇게 한마디 던지겠다. '야, 이 양아치야…'라고. 양아치가 되지 않으려면 우리는 생산적이면서도 어려운 이 문제들을 피하지 말아야 한다. 우리 삶이 고귀한 이유는 그냥 태어났지만 그냥 태어난 이 삶에 우리가 손수, 직접, 내 입맛대로 삶의 의미를 창조해 넣을 수 있기 때문이다. '창조.' 창조라는 이 단어만 들어도 고귀함이 뿜어져 나오지 않는가? 우리는 신이나 마법사, 또는 예술가만이 창조를 할 수 있다고 생각한다. 그러나 인간으로 태어난 우리는 모두 각자의 삶에 의미를 부여할 수 있는 창조성을 지니고 있다. 일단 이 사실만으로도 모든 존재는 특별해진다.

한때 나는 내가 연기적 재능, 음악적 재능, 신체적 재능 등등 수많은 재능 중 뭐 하나 타고나지 않았다고 슬퍼했다. '나는 특별한 게 하나도 없어. 특출나게 잘하는 게 없는데 어떻게 잘되겠어? 나는 무가치해…'

하지만 이제는 안다. 내가 태어나고 삶의 의미를 부여할 수 있는 한 나는 특별하다고. 나를 특별하게 만드는 건 내가 타고난 재능이 아니라 내 존재 자체. 이것을 믿어야 한다. 믿는 것만으로도 정말 당신은 특별해진다. 그러면 특출난 행동을 하지 않아도 분명 당신은 빛이 나고 사람들도 그 빛을 느낄 테니까. 세상을 완벽하고, 풍요롭게 살아가는 듯 보이는 사람들이 있다. 그들이 유일하게 부조리한 삶에서 벗어난 특별한 이들이라 그런 삶을 사는 게 아니다. 그들이 인지하든 하지 않았든 간에 부조리함을 받아들이고 스스로의 삶에 의미 부여를 하며 살아가고 있는 것이다. 이 점이 바로 자신만의 태도로 세상을 살아가는 이들을 특별하게 만들었다. 그러니 슬퍼하지만 말고 이제부터라도 '왜 태어났지?'라는 질문을 그만두자. 그리고 답을 창조해 낼 수 있는 질문인 '어떻게 존재하는 게 의미 있을까?'에 답하며 하루하루 나만의 의미를 부여해 나가자. 그러다 보면 당신

은 분명 특별해진다. 실존주의를 내 삶에 적용해 보는 방법은
아래와 같다.

1 우리는 그냥 태어났다.

2 삶의 부조리함을 느낀다.

3 이것에서 벗어나려 애쓰지 않는다. 그냥 삶이란 본래, 누
구에게나 이런 것이라 받아들인다.

4 이 무의미한 삶에 의미를 스스로 부여한다.

5 무의미한 삶을 인정하고 받아들이고 스스로 의미를 부여
하면 나만의 삶이 창조된다.

4-2 삶의 의미를 찾는 구체적인 방법

*삶이 의미가 있는지 묻는 대신, 매 순간 의미를 부여하는 건
우리 자신이다. _빅터 프랭클*

삶에 의미를 부여한다는 게 어떤 의미인지 심리학자이자 정
신과 의사인 빅터 프랭클 Viktor Emil Frankl 의 삶을 보면 잘 이해할
수 있다.

"지금 여러분이 겪고 있는 고통을 아우슈비츠 수용소에서
겪는 고통과 맞바꾸겠습니까?" 이 질문에 YES!라고 대답할 사람
이 몇이나 될까? 분명 '네.'라고 대답할 사람은 없을 것이다. 직접
경험해 보진 않았지만 그곳에서 겪게 될 고통이 어마어마하다는

걸 알고 있을 테니 말이다. 모든 사람이 피하고 싶은 그 고통을 온몸으로 겪고 나온 사람이 바로 빅터 프랭클이다.

빅터 프랭클은 제2차 세계대전 당시 유대인이라는 이유 하나만으로 강제 수용소가 있는 아우슈비츠에서 3년을 보내게 된다. 인간이 얼마나 잔인한지 그 끝을 볼 수 있는 강제 수용소에서 기적적으로 살아 나왔다. 어떻게 살아 나올 수 있었을까? 그는 희망이 실오라기 하나 보이지 않는 강제 수용소에서 살아남기 위해 자신의 삶에 의미 부여를 했다. 스스로 삶에 대한 의지와 살아야 하는 이유를 부여했던 마음이 그가 그 지옥에서 살아 돌아온 힘이 되었다.

빅터 프랭클은 강제 수용소에서 살아 나와 '로고 테라피 학파'를 설립했다. 강제 수용소에서의 경험과 로고 테라피 이론을 책으로 썼는데 그 책이 바로 〈죽음의 수용소에서〉이다. 이 책의 원제목 〈Man's Search for Meaning〉을 해석하면 '의미를 찾는 인간'이라는 뜻이다. '의미를 찾는 인간'은 로고 테라피의 핵심을 관통하는 문장이라 볼 수 있다. 언제 죽을지 모르는 불안감, 가스실에서 잔인하게 죽어 가던 사랑하는 가족, 며칠을 굶은 상태로 당한 강제 노역 등 갖은 고통을 겪는다. 그곳에서 사람들은 여러 가지 모습을 보였다. 자신만 살기 위해서 양심을 저버리는 사람, 삶을 자포자기해 잔인한 폭력에도 꿈쩍하지 않는 사람, 모두가 굶주리고 있는 상황에 자신의 빵을 기꺼이 나누어 주는 사람.

이런 모습을 관찰하면서 빅터 프랭클은 최악의 환경에서 인간은 스스로 행동의 선택권을 가질 수 있다는 걸 깨닫는다.

마음만 먹으면 강제 수용소 같은 환경에서도 인간의 존엄성을 지킬 수 있고, 삶의 의미를 찾을 수 있다고 믿었다. 실제로 그 믿음을 몸소 실천해서 우리에게 보여 주었다. 그는 자신이 강제 수용소에 갇혀 있다고 생각하지 않았다. 자신은 집단 병리학을 연구하기 위해 그곳에 간 사람이라고 마인드 셋을 했다. 그래서 반드시 강제 수용소를 나가서 본인이 연구한 결과물을 세상 사람들에게 밝히겠다고 다짐했다. 최악의 삶에 부여한 의미가 그를 버티게 한 힘이 되었다. 그리고 그 다짐은 기적처럼 모두 이루어졌다.

의미 치료라고도 불리는 빅터 프랭클의 로고 테라피는 내가 소중히 여기는 게 무엇인지 찾아내고, 의미를 부여한다면 지옥 같은 환경에서도 살아갈 의미가 생긴다는 걸 알려 준다.

빅터 프랭클은 어떤 것이 삶의 의미가 될 수 있는지 제시해 주었다. 첫 번째는 가장 많은 사람이 생각하는 가족이다. 또 가족 같은 가까운 관계도 포함된다. 나의 부모님, 나의 형제, 나의 자식, 나의 배우자가 소중하지 않은 사람은 없다. 우리가 살아가야 하는 이유는 나를 사랑하는, 그리고 내가 사랑하는 가족과 함께 하고자 하는 의미가 크니까. 또 내가 이 일을 버텨 내는 것도 내 가족의 생계와 기쁨을 위해서다.

최근에 큰 사고를 당했다. 목숨을 잃을 뻔한 사고였는데, 무사히 살았다. 이 소식을 들은 가족과 절친한 친구들은 내가 살았다는 데에 무척 감사해했다. 만약 내가 잘못되기라도 했다면 자신의 삶은 불행해졌을 거라고. 주변 사람들, 특히 나를 사랑하는 사람들에게 내 목숨은 소중하구나 싶었다. 그래서 당시 삶의 의미가 크게 다가왔다. 나를 사랑해 주는 사람들이 너무 소중하게 느껴졌다. 그들을 위해서라도 내 삶을 잘 살아 내야겠다는 생각을 했다.

또 주변에 자녀가 있는 지인들이 하나같이 하는 말이 있다. 삶의 의미가 생겼다고, 열심히 살아야 하는 이유가 생겼다고. 살면서 무조건적인 사랑을 느끼는 경험은 많지 않다. 자식이 있다는 건 내 목숨과도 맞바꿀 수 있는 존재가 생겼다는 뜻과도 같다. 많이 힘든 상황에서도 이렇게 버티는 이유는 내 자식에게 부끄럽지 않은 부모가 되기 위해서라는 지인의 말이 가슴이 와닿았다. 그분은 자식을 통해 삶의 의미를 찾고 있었다.

가족이 아닌 다른 곳에서 의미를 찾을 수도 있다. 두 번째는 빅터 프랭클처럼 자신의 업※에 사명감, 소명 의식을 부여하는 방법이다. 빅터 프랭클은 강제 수용소에서 반드시 살아 나가서 그곳에서 연구한 내용을 발표하겠다는 사명을 가졌다. 자신의 업에 사명감을 갖고 강한 의지를 발휘한 훌륭한 사람은 한두 명이 아니다. 우리나라 일제 강점기에 일본과 맞서 싸운 독립운동가만 보아도 그렇다. '대한 독립'이라는 소명 의식이 일제의 탄압을 견디게 하는 힘이었다.

아인슈타인의 세계관을 잘 알 수 있는 아인슈타인의 기고문, 연설문 등을 모아 둔 책 〈나는 세상을 어떻게 보는가〉에 이런 내용이 있다. 자신의 온 삶이 타인의 노동에 의지하고 있다는 사실을 떠올리며 받은 만큼 돌려주기 위해 최선을 다하고 또 다짐한다고. 독립운동가나 위대한 과학자가 아니더라도 자신이 하는 일에 사명감을 가지는 건 가능하다. 내가 하는 업무가 어느 누군가에겐 필요한 일이 되고, 도움이 되는 일이라고 매일 기억하는 것이다. 그렇게 한다면 살아가야 할 이유가 분명 생긴다.

내 인생의 의미는 내가 사랑하는 가족과 일이다. 엄마 아빠의 굵어진 손가락 마디, 눈가의 주름 등을 보며 내가 얼마나 큰 사랑을 받은 딸인지 느낀다. 부모님이 남은 생을 조금이라도 더 편하게 사실 수 있도록 하는 건 내 인생에 중요한 과제이다. 내가 행복하게 사는 게 부모님의 행복이라는 믿음으로 행복을 쟁취하려 한다. 또 나는 내가 하는 일도 사랑한다. 나라는 존재가 이 세상에 어떻게 가치 있게 쓰일 수 있을지 늘 고민한다. 이렇게 책을 쓰는 것도, 강연을 하는 것도, 콘텐츠는 만드는 것도 나에게는 큰 기쁨이다. 내가 얻은 인사이트를 나누고 그걸 통해 사람들이 도움이 되었다고 표현해 주면 거기서 살아있음을 느낀다. 더욱 도움이 되는 콘텐츠를 만들고 싶어져서 아무도 시키지 않았지만 스스로 공부한다. 일과 가족은 나를 더 성장하게 만든다.

당신의 삶에서 가장 소중한 것은 무엇인가? 아직 찾지 못했다면 이번 기회에 마주해 보자. 그렇게 내 삶에서 소중한 부분을 찾고 거기에 의미 부여를 한다면 삶은 무기력한 게 아니라 의미를 찾아가는 여정이 되고 모험이 될 것이다.

4-3 나다움을 찾기 위해 도전하는 삶

프란츠 카프카는 알베르 카뮈나 장 폴 사르트르 등 대단한 실존주의 문학가들조차 실존주의 문학의 선구자로 높이 평가한 저자이다. 나 또한 프란츠 카프카를 존경하고 그의 작품을 아주 좋아한다. 카프카는 부조리한 삶을 그의 작품에 잘 녹여 표현했다. 그래서 나는 카프카의 작품을 읽으며 그 삶이 내 삶과 닮았다는 동질감을 느낀다.

어느 날 갑자기 눈을 떴더니 벌레로 변했다. 이게 무엇을 의미할까? 〈변신〉이라는 프란츠 카프카의 소설은 그의 삶과 연결되어 있어 그의 삶을 알고 나면 〈변신〉에서 주인공을 왜 갑자기 벌레로 변신시켰는지 의미를 알 수 있다.

카프카는 보험 회사를 다녔는데, 당시 보험 회사는 지금으로 치면 아주 큰 로펌에 다니는 것과 마찬가지였다. 한마디로 좋은 직장을 다녔다. 그리고 카프카의 집안도 굉장히 부자였고 전체적으로 학벌도 좋았다. 외모 또한 제법 준수했다. 여기까지 보면 부러울 게 하나 없는 엄친아의 삶이라고도 볼 수 있다. 하지만 그에게도 결핍이 있었다. 카프카는 글 쓰는 걸 너무 좋아해서 작가가 되고 싶었는데 아버지가 굉장히 보수적이고 엄했기에 카프카가 글 쓰는 것을 인정해 주지 않았다.

그의 아버지는 자수성가한 상인이었다. 그에 반해 카프카는 아주 섬세하고 감성적이었다. 그의 아버지는 그게 마음에 들지 않았다. 그래서 카프카에게 사회에 맞춰서 자기 집안에 부끄럽지 않은 아들이 되어야 한다며 강한 남자의 모습을 강요했고, 잦은 폭언을 한 것으로 알려져 있다.

그런 환경에서도 카프카는 글 쓰는 걸 너무 좋아해서 펜을 놓지 않았다. 아버지가 원하는 대로 회사에 다니면서 새벽에는 글을 썼다. 한 번은 카프카가 완성한 소설을 아버지한테 보여드렸는데 아예 쳐다도 보지 않았다고 한다. 아버지에게 인정받기 위해 자신이 좋아하는 글을 뒤로하고 아버지가 원하는 공부도 열심히 하고 취업 준비도 해서 좋은 회사에 취직했다. 하지만 막상 아버지는 카프카의 노력과 재능을 인정해 주지 않았다. 글 쓰는 것은 돈을 많이 벌 수 없는 일이었기에 더더욱 인정해 주지 않았다. 이 부분이 카프카에게는 큰 결핍이 되었다. 작가의 성향을 타고난 사람이 회사원의 삶을 살아야 했으니 맞지 않는 옷을 입고 사는 느낌 아니었을까?

　이런 카프카의 삶이 나를 위로해 주었다. 내가 극단 생활을 할 때, 수입이 없다는 이유로 주변으로부터 인정받지 못했다. 연기를 좋아하고 열정을 가지고 성실히 연습하는 모습은 사람들에게 아무런 감흥을 주지 못했나 보다. 우리 부모님도 나에게 극단은 언제 그만두냐고 걱정스럽게 물어보시곤 했다. 마음 한편으로는 그게 무엇이든 내 자신이 행복할 수 있는 일을 찾아가고, 열정적으로 임하는 모습을 인정해 주었으면 했는데 현실은 반대였다. 그런데 카프카도 나와 같은 상황이었던 게 아닌가! 그 덕에 나도 내가 좋아하는 게 무엇인지 찾아가는 걸 멈추지 말자고 다짐하게 되었다. 지금 당장 돈을 많이 벌지 못하더라도 마음을 다해서 하고 싶은 걸 하다 보면 언젠가는 세상에 도움이 될 수 있을 거라고.

　좋아하는 연극을 하던 삶과 지금 좋아하는 취미를 콘텐츠로 만드는 크리에이터로서의 삶은 그리 다르지 않다. 다른 게 딱하나 있다면 좋아하는 일로 밥벌이를 하느냐 마느냐의 차이 정도다. 이 차이가 사람들의 인정을 좌우한다. 지금 내가 좋아하는 일로 밥벌이하기까지 인정받지 못했던 불안한 시간이 있었다. 그 시간이 쌓여 지금의 내가 되었다. 카프카가 훌륭한 작품을 쓴 것도, 〈변신〉을 집필한 기간인 3주 만에 일어난 일이 아니다. 아버지에게 인정받지 못함에도 불구하고 자신이 좋아하는 일에 확신을 두고 오랜 세월 계속 글을 써 온 덕분이다.

우리는 이것을 두려워한다. 내가 좋아하는 일을 하면 남들에게 인정받지 못하고 외로운 고행길을 걸어야 한다는 사실. 밥벌이를 할 수 있기 전까지는 인정받지 못한다는 것. 하지만 적성을 찾고 그 일로 밥벌이를 하게 되었을 때 얻는 것은 억지로 세상의 틀에 맞춰서 살았을 때보다 훨씬 많다. 진정한 성공은 행복과 자아실현이니까. 그래서 자기다움을 찾고 진짜 원하는 것을 찾는 모험을 두려워하지 않아도 된다고 말해 주고 싶다. 그 도전은 고귀하다. 별 고민 없이 세상이 만들어 놓은 틀대로 살면 편하다. 문제가 생겨도 세상 탓, 남 탓을 하며 책임 회피도 할 수 있다. 하지만 주체적으로 나다움을 찾기 위해 도전하는 삶은 나에게 책임이 있다. 큰 용기가 필요한 작업이다. 그렇기에 고귀하다. 이 고귀함은 분명 삶에 밑거름이 된다. 도전의 결과가 실패이든 성공이든 상관없이 도전했다는 자체가 나를 고귀하게 만들었다. 그러니 두려워 말자. 나를 잃은 삶보다, 안주하는 삶보다 훨씬 멋있는 삶을 살고 있는 것이니.

이제 〈변신〉의 주인공 '그레고르 잠자'의 이야기를 해 보려 한다. 카프카는 그레고르 잠자를 통해 어떤 이야기를 하고 싶었을까?

그레고르 잠자가 어느 날 눈을 뜨니 벌레로 변한 자신과 마주하고, 그로 인해서 가족들과 겪는 일들이 담겨 있다. 주인공이 벌레로 변신했기 때문에 제목이 변신이라 생각하는 사람들이 있을 수 있다. 하지만 잘 읽어 보면 소설 처음부터 그레고르 잠자는 벌레로 변신한 상태이고, 이 사건으로 변하는 대상은 가족이다. 가족의 생계를 책임지던 그레고르 잠자가 흉측한 벌레로 변한 후 잠자를 대하는 가족들의 태도가 점점 변한다. 그레고르 잠자가 가족을 사랑하는 그 마음은 벌레가 되고 나서도 변하지 않았는데 말이다.

앞부분에서 무의미한 삶을 인정하고 삶에 스스로 의미를 부여하면 나만의 인생이 창조된다고 이야기했다. 다르게 말하면 주체적이고 능동적인 삶이기도 하다. 그런데 소설 속 주인공 그레고르 잠자는 벌레가 되기 전에 주체적인 삶이 아니라 가족의 욕망과 행복을 채워 주기 위해 희생하는 수동적인 삶을 살아 왔다. 이 삶이 실제 카프카가 아버지의 욕망에 맞춰서 공부하고 보험 회사에 들어간 모습과 연결된다는 걸 확인할 수 있다. 그리고 이 모습은 가족이 바라는 대로 내 꿈을 접고 타인의 욕망에 맞춰서 살고 있는 우리의 모습이기도 하다. 우리는 안정적인 직장을 선택하도록 강요받고 있지 않는가. 사회의 요구를 거부하고, 내가 원하는 삶을 선택했을 때 그레고르 잠자처럼 벌레 취급 받을지도 모른다는 두려움도 있지 않은가.

자본주의 사회에서 가치 있는 사람이 되기 위해서는 돈 버는 능력이 있어야 한다. 돈을 못 버는 일을 하면 무가치한 존재로 취급받는 안타까운 현실이다. 그렇기에 우리는 하고 싶은 일을 외면하고 세상이 원하는 조건에 나를 맞춰서 살고 있는 건 아닌지 생각해 봐야 한다. 가족을 위해 희생했지만 정작 쓸모없는 벌레가 되면 돌아오는 건 외면과 혐오다. 그렇다면 나의 가치는 어디에 있는 것일까?

이 이야기는 한 존재의 가치를 '돈'과 '꿈'으로 분리한 게 아니다. 내가 원하는 일을 하면 돈을 포기해야 하고, 돈을 선택하면 내가 원하는 걸 포기해야 하는 양자택일의 문제가 아니라는 소리다. 이렇게 생각하는 사람들에게 그 둘을 구분하지 않는 게 좋다고 말하고 싶다. 인생은 A를 선택하면 B를 포기해야 하는 선택과 포기의 문제가 아니기 때문이다. 자신이 진짜 원하는 일을 하면 돈을 버는 게 더욱 즐겁고 쉽게 느껴진다. 그렇게 성공한 사람이 행복하게 성공한 사람이다. 그런 사람들은 일이나 돈에 쫓겨서 살지 않는다. 즐기며 일을 했는데 돈까지 주다니! 오히려 행복을 느끼는 사람들이 많을 테다. 그리고 당신에게 그런 잠재력이 있다고 확신한다.

카프카처럼 엄청난 글쓰기 재능이 있음에도 불구하고 아버지가 원하는 삶을 사는 비극을 겪지 않길 바란다. 진짜 원하는 걸 찾고, 마음껏 재능을 펼치고, 탁월함을 발휘하며 사는 삶을 살자. 그러면서도 충분한 돈을 벌 수도 있다. 당신은 그럴 능력이 있다.

05

나의 욕망과 타인의 욕망 구별하기

나는 어릴 적부터 그림을 잘 그렸다. 나를 잘 아는 사람이라면 누구나 인정하는 재주다. 지금 생각해 보면 그림을 잘 그리게 된 이유는 어린 시절 그림을 정말 열심히 그렸기 때문이기도 하다. 초등학생 때부터 만화가가 꿈이었기에 한번 그림을 그리기 시작하면 몇 시간을 꼼짝 않고 한자리에 앉아서 그림만 그렸다. 만화책도 정말 많이 봤고 손 모양이나 옷 주름을 잘 표현하기 위해 수십 번 반복해서 그리기도 했다. 실제로 공책에 스토리 있는 만화를 그려서 친구들에게 돈을 받고 팔았던 적도 있다. 미술 시간에 진행한 평가에서는 대부분 만점을 받았고, 학교에서 전시회를 열면 내 작품은 전시 작품으로 뽑히기 일쑤였다. 전시 작품으로 뽑히는 그림은 대부분 미술 학원에 다니는 친구들 것이었는데, 학원에 다니지 않고 높은 점수를 받는 게 쉬운 일은 아니었다. 그렇게까지 그림 그리는 걸 좋아했으면서 고등학교에 들어간 뒤로는 만화가의 꿈을 완전히 접었다. 그 이유는 딱 한 가지, 만화가는 돈이 안 된다는 생각과 '나'라는 사람은 유명해질 수 없다는 생각 때문이었다. 만약 지금처럼 웹툰 시장이 커질 줄 알았다면 계속 만화를 그리려고 했을지도 모르겠다. 물론 이 또한 결국 내 길이 아님을 깨닫고 지금처럼 돌아왔겠지만.

내가 9살 정도 되었을 때, 아버지께서 영혼을 끌어 모아 사업을 막 시작했을 무렵이라 집안이 넉넉하지 않았던 걸로 기억한다. 게다가 우리 집은 네 자매로 딸린 식솔도 많았기 때문에 체감상 겪는 어려움이 더 컸다. 엄마 아빠가 싸우는 이유도 오로지 돈 때문이라 생각했다. 엄마의 단골 멘트가 '돈이 어딨노? 땅 파봐라. 돈이 나오나!' 같은 돈과 관련되어 있던 게 컸다. 당시 어린 마음에 집안을 내가 일으켜야겠다는 열망이 스멀스멀 올라왔고, 장래 희망을 정할 때 가장 중요한 기준도 돈이 되었다.

2000년대 초반 가장 핫한 연예인 하면 바로 이효리였다. 그 시절 연예인의 재산을 공개해서 순위를 매기는 프로그램이 있었는데, 우연히 그 프로그램을 본 게 나의 장래 선택에 영향을 미쳤다. 연예인들은 돈을 어마어마하게 많이 벌어서 집도 차도 삐까번쩍하고 부모님께도 금전적으로 효도를 많이 한다는 걸 그때 알게 되었다. 그래서 나는 연예인이 되고 싶었다. 그 마음 덕분에 서울로 와서 서울살이를 할 수 있게 되었지만, 지금처럼 나의 길을 찾기 전까지는 암흑 같은 긴 터널을 지나는 기분이었다. 처음 서울에 왔을 때는 세상이 나를 버렸다고 생각했고 알아주지 않는다고 생각했다. 그런데 내가 불행한 이유는 세상이 나를 알아주지 않아서가 아니라 '타자의 욕망을 욕망했기 때문'이었다. 이 사실을 깨닫는 데에는 인간의 욕망과 무의식을 분석한 프랑스의 정신 분석학자이자 정신과 의사 '자크 라캉'의 도움을 받았다. '모든 욕망은 타자의 욕망이다.'라는 유명한 말도 자크 라캉이 한 이야기였다.

'나 혼자 산다'에 가수 화사가 곱창을 먹는 모습이 방송되고 곱창 대란이 일어났다. 그 이후에도 게장, 김부각, 미숫가루 등 화사가 등장해서 먹는 제품마다 계속 이슈가 되었다. 또 '효리네 민박'에서 소녀시대 윤아가 가져온 와플 기계가 방송되자마자 완판된 것과 같은 현상은 현대 사회에서 일반적으로 일어나는 일이다. 음식, 물건뿐만이 아니라 유명인이 입은 의상, 자동차, 화장법 등 삶의 전반적인 부분이 해당된다.

또 드라마에 나오는 '백마 탄 왕자' 같은 이상적인 주인공도 욕망한다. 대중은 이런 것을 보고 내가 진짜 필요해서 원하게 된 건지에 대해 고민하는 과정을 거치지 않는다. 일단 시대의 흐름이 그것을 원해야 한다고 하면 나도 원한다고 믿는다. 이를 인간의 '욕망에 대한 본성'이라고 한다. 집단이 모두 하는 건 나도 해야 소외되지 않는다고 생각해서 욕망하거나 재벌, 유명 연예인처럼 모두의 로망인 사람의 삶을 따라해 비슷해지려고 하는 등의 행동이 그 예시다.

우리는 어릴 적부터 부모님, 선생님에게 들은 목표를 상기하며 그게 최고의 선(善)이라 생각했을지도 모른다. 모든 인간은 타자의 욕망을 욕망할 수밖에 없는 환경에 내던져져 있다. 이런 환경에서 나의 욕망과 타인의 욕망을 구분하기 위해 사유하지 않으면 누구라도 타자의 욕망이 내 욕망이라 착각하며 살게 된다. 삶을 지혜롭게 산다는 건 내 욕망을 명확하게 아는 것을 의미하기도 한다. 자신이 진정 무엇을 원하는지는 자신만이 알 수 있다. 스스로에게 묻고 답하는 깊은 사색의 시간을 갖지 않은 사람이 자신의 진정한 욕망을 알 수 있는 방법은 없다.

나의 진로를 결정하는 데에도 타자의 욕망이 반영되었다는 걸 깨달았다. 나는 배우의 꿈을 가지고 2020년까지 약 10년 정도 연극을 꾸준히 해 왔다. 공연하고 나면 뿌듯하고 성취감이 있어야 하는데 늘 공연하고 나면 실수 때문에 자책하는 시간이 더 길었다. 다음 공연을 준비할 때는 무대에서 즐기지 못할지도 모른다는 불안에 걱정하는 시간도 늘었다. 자책과 걱정으로 시간을 채우느라 연기 자체를 즐기지 못하고 있었다. 그런 나를 발견하고 하루는 진지하게 고민해 봤다.

'나는 정말 연극배우가 되고 싶은가? 왜 되고 싶은가? 그 동기는 무엇인가?'

질문에 답을 쓰다 보니 충격적이었다. 나는 대본 분석, 캐릭터 이해, 주제 파악, 서브 텍스트 이해 등을 즐겼고 또 잘했다.

하지만 분석한 내용을 무대에서 표현하는 걸 잘 못했다. 무대를 즐겨야 하는데 머리로는 분석하고 있었다. 몰입하지 못한 내 연기는 영혼이 빠졌다는 걸 스스로 느끼며 연기해야 했다. 그런 이유로 무대에서 희열을 느끼지도, 즐거움을 느끼지도 못했다. 실수라도 하면 며칠을 속상해하고 커튼콜 할 때도 실수를 떠올리며 부끄러워했다. 그럼에도 불구하고 왜 연기를 놓지 못하는지 물어봤을 때 답은 결국 '돈'과 '인정 욕구' 때문이었다. 10대 때 처음 연예인의 꿈을 꾸게 된 계기는 무대에 있는 이효리의 '퍼포먼스' 때문이 아니었다. 이효리의 재산, 부의 축적 수준, 세상의 인정에서 동기가 생겨났다. 돈을 많이 벌면 부모님께 효도할 수 있고, 사람들에게 인정도 받을 수 있기에 배우가 하고 싶던 것이다. 그나마 나의 욕망과 일치했던 부분이 있다면 사람들 앞에 서는 걸 좋아했다는 정도인 듯했다.

지금까지 내가 원하는 게 아닌 타인의 욕망을 내 욕망이라 착각하며 살아왔다는 생각이 들었다. 고등학교 선택부터 대학교, 학부, 배우의 꿈까지 모든 건 내가 진짜 원했던 게 아니었다. 부모님이 원하고, 칭찬하고, 세상 사람들이 인정해 줄 만한 선택을 해 왔다.

이 사실을 처음 알았을 때 쉽게 받아들일 수 없었다. 너무 오랜 기간 그 꿈을 위해 노력했기에 내가 원하지 않았고 타인의 욕망을 따랐다는 사실을 인정하는 부분이 어려웠다. 그래서 처음에는 배우라는 꿈을 놓지 않기 위해 배우가 되어야만 하는 당위성을 만들어 냈다. '나는 연기로 사람들에게 감동을 주고, 희망을 주기 위해서 하는 거야.' 이런 생각으로 연기했는데, 이 멘트를 생각할 때마다 스스로 거짓말을 하고 있다는 기분을 지울 수가 없었다. 왜냐하면 무대에서 연기로 사람들에게 감동을 주고 있다고 생각하지 않았기 때문이다.

그렇게 내 실수를 받아들이지 못한 채 몇 년이 더 지났다. 서서히 무대에 흥미를 잃어 가던 와중, 극작에 도전하게 되었다. 극작 스터디에 참여해서 희곡을 썼고, 그 작품으로 배우가 아닌 연출가로 연극 공연도 했다. 이 경험은 나의 실수를 받아들이는 데에 도움이 되었다. 나는 책 읽고, 글을 쓰고, 공부하는 걸 더 좋아한다는 사실을 알았다. 희곡을 써 내고, 배우가 아닌 연출로 무대를 만들었을 때 연기를 하면서 느끼지 못한 성취감과 기쁨을 느꼈다. 그제야 나는 받아들였다. 배우는 내가 진짜 원하던 게 아니었다는 것을.

막상 인정하고 나니 오히려 마음이 후련하고 편해졌다. 노력했던 그 열정은 내가 배우의 길을 포기한다고 사라지는 게 아니었다. 오랫동안 공연한 덕분에 발음, 표현력, 전달력이 좋아졌고 이외에도 연극이라는 경험으로 쌓인 스킬이 한두 개가 아니다. 그때 연마한 스킬은 지금 크리에이터, 강사, 작가로 일을 하면서 유용하게 쓰이고 있다.

그동안 나는 칼이었는데 소파 위에 있었다는 걸 깨닫자 내 길을 찾는 속도에 더욱 불이 붙었다. 만약 예전의 나처럼 받아들이지 못하고 있는 사람이 있다면 괜찮다고 말해 주고 싶다. 시간이 해결해 줄 테니까. 대신 진짜 내 욕망이 맞는지에 대해서 고민하기를 멈추지만 말았으면 한다.

사람들은 남들만큼 또는 남들보다 조금 더 소유하고 누리면 잘 살았다고 인정해 준다. 좋은 대학, 직업, 집이 있으면 부러움을 받는다. 그래서 우리는 그것을 원한다고 생각하며 산다. 남들은 부럽다고 하는데 스스로는 행복하지 않다고 느끼는 사람들은 자신이 불행한 이유에 대해 이렇게 생각을 한다. 남들 부러워하는 거 다 누리며 사는데도 행복하지 않은 건 자신의 만족할 줄 모르는 성격 문제라고. 그리고 본질적 원인 파악하기를 회피한다. 여기서 또 잔인한 말을 해야 할 것 같다. 남들이 부러워하는 삶을 살기 때문에 행복해야 한다고 믿는 삶, 그 삶에서 행복은 착각이다. 진짜 행복하면 눈에서 빛이 난다. 내가 하는 일이 너무 즐거워서 심장이 두근거리고 일하면서 겪는 어려움조차 즐거운 고통으로 느껴진다. 만약 그렇지 않다면. 매일 억지로 버티는 삶을 살고 있다면. 그 행복은 가짜다.

타인의 욕망과 자아실현의 욕구를 구분할 줄 아는 지혜가 필요하다. 그것을 구분하게 되면 새로운 세상이 펼쳐진다. 자신이 가슴이 뛰고 잘할 수 있는 일에 열정을 쏟는 행동이 무엇인지 안다. 그 일로 타인에게 도움이 되고 사회에 기여할 수 있다는 게 얼마나 황홀한 일인지를 안다. 그러다 보면 인정과 부는 선물처럼 찾아오기 마련이다.

타인의 욕망을 좇으면 인생의 목표가 외부에 있게 된다. 늘 타자를 따라 하고 부러워하며 산다. 이런 삶을 우리는 수동적인 삶이라고 말한다. 자아실현의 욕구를 따르면 인생의 목표는 내부에 있게 된다. 내가 진짜 원하는 것을 알고 즐기다 보면 누구를 따라 하고 부러워할 시간이 없다. 자아실현은 계속 이루어지고 있기 때문이다. 이런 삶이 바로 주체적인 삶이다. 이 삶의 시작은 나의 진짜 욕구를 아는 데서 시작한다. 타인의 욕망을 내 욕망이라 착각하고 있다면 진짜 내 삶을 찾을 수가 없다. 그러니 꼭 내면의 소리에 집중해서 자신의 길을 찾길 바란다.

06

열어 줘, 마음의 귀를

'내면의 소리'라는 것이 처음엔 낯설게 느껴질 수 있다. 그러나 내면의 소리를 들어 본 사람들의 이야기를 자주 접하고, 내면의 소리를 들을 줄 알게 되면 그것이 그렇게 낯설지 않다는 걸 느끼게 된다. 지금 이 순간에도 당신의 내면 깊은 곳에서는 진짜 당신이 소리치고 있다. 다만 우리는 그런 소리가 있다는 사실을 아예 모르거나, 듣는 방법을 모르거나, 들어야 할 필요성을 모르고, 들린다 해도 두려워 외면하고 있는 것이다. 다수의 이유가 방음 역할을 해 우리의 귀를 막고 있는 탓이다. 나 또한 그랬다. 처음에는 내면의 소리라는 게 존재한다는 사실조차 몰랐다. 있더라도 진리를 깨우친 성인聖人들만 들을 수 있는 소리인 줄 알았다. 하지만 이 소리를 듣게 되었다. 내가 내면의 소리를 들었다는 건 인간이라면 누구나 들을 수 있는 소리라는 의미이기도 하다.

내가 내면의 소리에 집중하도록 도움을 준 행동들이 있다. 바로 일기, 독서, 명상이다. 이 행동들 덕분에 나는 내가 가야 할 길이 무엇인지 알게 되었다. 쉬운 일은 절대 아니다. 나도 오랜 시간이 걸렸다. 하지만 포기하지 않는다면 자신과 대화할 수 있고, 상처받은 자신을 위로해 줄 수 있고, 잘할 거라고 응원할 수 있고, 사랑한다고 스스로 고백할 수도 있다. 목표를 이루고 나면 편하고 반복적이고 안정적인 삶이 이어진다. 그와 함께 서서히 무기력이나 권태감이 찾아오는데 그때가 내면의 소리의 볼륨이 커지는 순간이다. 그때를 놓치지 말고 귀를 기울여 보자.

6-1 시간이 지나도 변하지 않는 건 글이니까

지금도 선명하게 기억한다. 초등학교 5학년 생일날 우리 언니가 준 선물. 바로 일기장이었다. 이 일기장을 선물로 받기 전에는 학교 숙제로 내기 위한 일기만 썼었다. 언니의 선물 덕분에 오로지 나만 보는, 나를 위한 일기를 쓰게 된 것이다. 처음 썼던 일기를 보면 정말 가관이다. 문법, 문장, 맞춤법 전부 엉망이고 이야기도 맥락 없이 의식의 흐름대로 써 내려갔다. 하지만 상관없었다. 나만 보는 일기였으니까.

담임 선생님이 읽을 거라는 생각으로 썼던 일기에 익숙해서 그런지 속마음을 온전히 담지 못하고 내용을 꾸며 쓰는 나를 발견했다. 그 이후로 진실한 내 감정을 쓰려고 노력했다. 그러자 일기장은 내 속마음을 털어놓을 수 있는 나의 절친이 되었다.

고등학생 때 일기는 수능 준비로 골머리 앓는 나. 연애는 도대체 언제쯤 해 볼 수 있는지 막막해하는 나. 좋은 대학 가서 효도해야 한다는 열의에 차 있는 나. 어떤 전공을 선택해야 할지 고민하는 여러 명의 내 이야기로 가득했다. 고등학생 때 대부분 진로를 고민하고 대학 진학에 대한 막막함과 불안함을 느끼면서 힘든 나날을 보낸다. 나도 마찬가지로 당시 많이 힘들어했지만 그랬기에 일기에 의지해서 자신과 대화하는 법을 조금씩 터득해 갔다.

고3 수능 치기 전, 대학과 전공을 정하는 시기에 기록했던 재미있는 고민을 발견했다. 배우가 되고 싶다는 꿈에 대한 내용이었다. 현재 내가 유튜버, 인플루언서, 강사 등 비슷한 일을 하는 걸 보면 그 당시에도 나는 사람들 앞에 나를 드러내는 일을 하고 싶었나 보다. 그때는 어떻게 배우가 될 수 있을지 몰랐고 부모님 곁을 떠나는 게 마냥 두려웠다. 아직 10대니까 용기를 내지 못하는 건 당연하다고 합리화하며 배우의 꿈을 곧장 접고 다시 현실에 맞춰 어느 고3처럼 공부했다.

그렇게 수능 점수가 나오고 피할 수 없는 선택의 순간이 왔다. 대학과 전공을 정하는 나의 기준은 다음과 같았다. 취업이 잘 되는지, 학비가 저렴한지, 장학금을 주는지, 집에서 통학이 가능한지. 전체적인 고려 사항은 경제적인 부분이었다. 그 기준에는 나의 적성과 꿈은 고려되지 않았다. 배우의 꿈을 꾸었지만 결국 새로운 시도에 대한 두려움과 막막함, 그리고 용기가 없어

일반적인 루트를 선택했다. 학비가 저렴하고 장학금을 받을 수 있는 대학을 가서 부모님의 부담을 덜어드린다는 핑계를 대며 말이다. 그래도 희망적인 건 학창 시절부터 일기 쓰기를 통해 내가 하고 싶은 일이 사람들 앞에 서는 일이라는 걸 어렴풋이 알고 있었다는 것이다.

대학을 간 뒤로는 일기가 뚝 끊겼는데, 바로 치열했던 수험생 시절이 지나고 행복한 신입생 시절이 도래했기 때문이었다. 걱정도 어려움도 별로 없었다. 여중, 여고를 나와서 초중고 시절 이성을 만나 본 적이 단 한 번도 없는 일명 숙맥이었다. 그런 내가 학부생 약 70명 중 단 10%만 여자인 공과대학 신소재공학부에 진학했으니. 거기서 여중, 여고 시절에는 겪어 보지 못한 신세계를 경험하며 대학 생활을 아주 제대로 즐겼다. 학부에서 짜 준 시간표대로 수업을 듣고, 시험 기간에는 열심히 공부해서 시험을 쳤다. MT, 학교 축제, 체육대회, 연애, 여행 등 고등학생때 해 보지 못한 새로운 경험을 하느라 정신이 없었다. 성적 맞춰 전공을 선택하긴 했지만 다행스럽게 전공 공부도 잘 맞던 편이라 입학하면서부터 장학금을 받으며 다녔다. 국립대학교라 학비도 크게 부담이 없었다. 당시 성적이면 공대 졸업생 여성 인력 필수 고용 제도 덕분에 취업도 크게 어려운 상황이 아니었다. 또 원한다면 대학원도 장학금을 받고 진학할 수 있었다. 말 그대로 안정 그 자체였다.

만약 금속재료공학에 흥미를 느꼈거나 그 생활이 행복했다면 새로운 도전을 해 볼 생각도 안 했을 것이다. 하지만 그 삶은 내가 진짜 원했던 삶이 아니었기 때문에 따분함과 지루함을 느꼈고 무기력이 찾아왔다. 은연중에 나의 무의식은 '이대로는 아니야…'를 외치고 있었다.

삶에 흥미를 잃은 어느 날. 예전에는 지금의 인스타그램처럼 '싸이월드'를 하지 않는 사람이 거의 없었다. 나도 미니홈피에 애정을 쏟는 수많은 사람 중 하나였다. 친구들과 방명록을 주고받고, 다이어리에 그 시절 감성이 가득한 글도 쓰고, 사진첩에 친구들과 놀며 찍은 추억도 업로드하고, 마음에 드는 사진은 '퍼가요~♡'도 했다. 또 내 미니홈피 BGM은 당시 인기를 끌었던 영화 〈미녀는 괴로워〉 OST, 김아중의 'Beautiful Girl'이었다. 그 노래에 어울리는 분홍색 스킨도 구매하며 애정과 도토리를 잔뜩 들여 미니홈피를 꾸몄다.

당시 삶이 무료했으므로 싸이월드에 머무르는 시간이 꽤 길었다. 한 날은 무슨 이유에서였는지 홈페이지 메인에 〈투맴녀 신청하기〉라는 버튼을 클릭했다. '투맴'은 싸이월드에서 매일 '투데이 멤버' 남자 1명, 여자 1명을 선정하여 홈페이지 메인에 하루 동안 노출해 주는 이벤트였다. 투맴녀, 투맴남에 선정되면 미니홈피 하루 방문자가 100배 정도 늘어날 만큼 폭발적인 관심을 끌 수 있었다. 나는 신청서를 고민 없이 한번에 술술 써 내려갔다. 쓰기 전에 할지 말지 고민도 전혀 하지 않았다. 그냥 나도 한 번 해 볼까?라는 단순한 호기심이었다. 내가 투멤녀 신청을 했던 건 정말이지 심심해서 했던 행동이었고, 신청서를 쓰던 순간에도 내가 절대로 투멤녀가 되리라는 기대 없이 신청했다.

인생이란 참 오묘하다. 그렇게 생각 없이 신청했지만 결국 투멤녀로 뽑혀 버린 것이다. 당시에 한 통신사 CF가 참 인기 있었는데 내용은 이랬다. 남자가 많고 여자가 귀한 공대에 아름이라는 예쁜 여학우가 있었다. 같은 과 남자 선배, 동기들이 예쁜 아름이와 함께 MT를 가기 위해 '아름아! 같이 가!'를 외치며 아름이를 설득하는 그런 내용. 그 CF가 굉장히 유명해져서 '공대 아름이'가 공대에 인기 많은 여학우를 지칭하는 단어가 되었다. 그 덕에 공대 여학생이었던 내가 선정된 건가 싶었다.(물론 신청서를 쓸 때는 이런 트렌드를 의식해서 쓰지 않았다.) 그렇게 나는 공대 아름이라는 타이틀로 투멤녀가 되어 싸이월드 홈페이지 메인에 걸렸다.

투멤녀가 되자 하루 방문자 수가 20명에서 만 명으로 늘었다. 많은 사람에게 노출이 되니 다양한 곳에서 연락도 왔다. 그 중 기획사에서 배우나 모델, 아이돌 제안을 하는 쪽지도 꽤 있었다. 그러나 나는 배우라는 꿈을 접은 지 오래였고, 대학 생활도 너무 만족스러웠다. 그래서 굳이 타지로 가 새로운 시작을 할 생각은 없었다. 그런데 친언니를 통해서 직접 연락 온 기획사 매니

저가 있었다. 그분은 언니의 고등학교 후배였다. 싸이월드에서 나를 발견하고 연락하려 하니 친언니가 아는 사람이었다고.

'새로운 도전을 하는 건 두려운데, 언니의 지인이 연락했다는 건 한번 도전해 보라는 계시인가?'

나에게도 내면의 소리 볼륨이 커진 순간이 있었다. 그 소리를 들은 순간이 너무 강렬해서 아직도 기억난다. 갑자기 내 앞에 펼쳐진 새로운 가능성으로 인해 적잖이 혼란스러웠다. 고등학생 시절 배우가 되고 싶었지만 막상 진짜 기획사에 들어갈 수 있는 상황이 되니 두려움이 커졌다. 이 감정은 뭘까? 이렇게 두려운 걸 보면 진짜 하고 싶은 게 아니지 않을까? 그런 고민에 지끈거리는 머리로 버스 창가에 앉아 학교에 가고 있었다. 익숙한 학교 가는 길의 풍경을 바라보다 문득 이런 생각이 들었다. '이 풍경을 앞으로 계속 봐야겠지? 내가 지금처럼 살면 졸업할 때까지 이 학교를 계속 다닐 거야. 그리고 졸업하겠지. 졸업하면 대학원을 가거나 취업하고, 그 후엔 결혼하고, 아이를 낳아 육아하고… 그렇게 살겠지? 그런데 이게 내가 원하는 삶인가? 그럼 과연 행복할까?' 아무리 생각해도 그건 내가 원하는 삶이 아니었다.

'지금 이대로 괜찮니? 너는 고등학생 때 배우가 되고 싶어 했잖아.'

기억력이 썩 좋지 않은 내가 이 순간을 정확히 기억하는 걸 보니 당시 내면의 소리가 꽤 강렬했던 건 확실하다. 그날 집에 가서 묵혀 뒀던 일기를 다시 읽어 보았다. 대학생이 되고 한 번도 펼쳐 보지 않았던 일기장이었다. 그 안에는 '상경해서 배우로 성공하기'라는 목표를 세웠던 내용이 있었다. 가슴이 두근거렸다. 잊고 지냈던 목표가 세월이 흘러 현실로 다가왔다고 생각했다. 이건 마치 서울로 가 네 꿈을 펼쳐 보라는 계시 같기도 했다. 진짜 계시였는지 아닌지는 모르겠지만 나는 그렇게 믿기로 결정했고 두려움을 이겨내기로 했다. 꿈을 이루러 가 보기로.

이후 학교에 휴학계를 내고 예전에 가졌던 배우의 꿈을 이루기 위해 서울행을 택했다. 그렇게 제 발로 온실을 걸어 나와 야생으로 향했다. '내 인생은 왜 이렇게 파란만장할까?'라고 신세 한탄을 자주 했는데 지금 보니 스스로 그런 환경 속에 뛰어들었다는 생각이 든다. 어쨌든 제 발로 야생에 뛰어들었기 때문에 내 삶은 전과 180도 다르게 흘러갔다.

대학 생활과는 정반대로 서울 생활은 눈 떠서 감을 때까지 내 뜻대로 되는 게 하나도 없었다. 내 마음대로 되지 않으니 불안했고, 내 편이 아무도 없는 것 같아서 외로웠다. 막막한 마음에 대학 입학 후 한 번도 쓰지 않았던 일기를 다시 꺼내 들었다.

'넌 무엇을 원하니?', '네가 원하는 삶으로 제대로 가고 있니?'라는 질문으로 가득한 당시 일기장. 다시 시작한 일기 쓰기를 통해서 매일 나와 대화하는 시간을 가졌다. 맥도날드에서, 카페에서, 아르바이트를 할 때 쉬는 시간마다 일기를 썼다. 하루에 4~5장씩 썼다. 인생의 가장 힘든 시기에 일기는 정말 내 친구이자 가족이자 연인이자 구원자였다.

6-2 양치기가 보물을 발견하기까지

내면의 소리를 따르라는 강렬한 메시지가 담긴 소설이 있다. 막막하고 불안하던 시절, 이 소설이 나에게 잘 가고 있다고 지금처럼 계속 가라고 말해 주었다. 내 마음뿐만 아니라 전 세계인의 마음을 평온하게 해 준 책이라는 건 분명하다. 2009년 '한 권의 책이 가장 많은 언어로 번역된 작가'로 기네스북에 올랐던 적이 있으니까. 바로 파울로 코엘료의 〈연금술사〉이다. 이 책은 '자아의 신화'를 이루는 과정에 있는 사람들에게 희망이 되고, '자아의 신화'를 이루는 데에 망설이고 있는 사람들에게 용기를 준다. 책 속에 등장하는 중요한 단어인 '자아의 신화'란 개개인이 항상 이루기를 소망해 오던 것을 의미한다. 꿈꾸고 소망하는 것.

이 소설에 따르면 젊은 시절에는 누구나 자아의 신화가 무엇인지 알지만, 세월이 흐르면서 알 수 없는 이유에 따라 그 신화를 실현하는 일이 불가능하다는 사실을 깨닫고 현실에 안주하여 살게 된다고 한다. 주인공이 자아의 신화를 따라 여행하다 만난 사람 중에 점점 내면의 소리를 듣지 못하게 되는 사람, 두려움 때문에 현실에 안주하는 사람 등이 등장한다. 이들의 사연은 남 이야기 같지 않다.

주인공 산티아고는 부모님의 바람인 신부가 되기 위해 신학교를 다니고 있었는데 나이가 들수록 더 넓은 세상에 대한 호기심이 생겼다. 그래서 신부가 되는 걸 포기하고 세상을 여행하는 양치기가 된다. 양치기 생활을 하던 중 어떤 꿈을 꾸게 되고 그 꿈을 계기로 숨겨진 보물을 찾기 위해 이집트 피라미드로 모험을 떠난다. 이미 익숙한 환경을 내려놓고 보물을 찾아 모험을 떠난 산티아고는 종종 두려움을 느낀다. 하지만 자신을 떠나지 못하게 막는 것은 자신 말고는 없다며 마음을 다잡고 다시 여정에 올라선다.

모험하면서 산티아고의 관점은 서서히 바뀌게 된다. '피라미드에 있는 보물'을 찾기 위해 하던 여행에서 진짜 보물은 '그대의 마음속에 있다.'는 여행으로 말이다. 이미 모든 것을 알고 있는 마음에게 귀를 기울여 보자고. 보물을 찾기 위해 여정을 떠난 산티아고가 자신의 마음에 보물이 있다는 걸 믿은 순간, 이미 보물을 찾은 것과 마찬가지였다. 산티아고는 모험 내내 자기 내면의 소리를 따라간다. 소설 내내 나오는 메시지는 '내면의 소리를 따라가라.'이다. 그래서 이 책을 읽다 보면 내 내면의 소리가 궁금해진다. 과연 내 안에서는 어떤 외침이 울려 퍼지고 있을지.

보물을 찾기 위해 서울에 왔다. 배우라는 꿈을 이루는 게 나에게는 보물이었다. 그 꿈을 이루면 행복이 있을 거라고 믿었기에 꿈을 이루지 못한 당시는 늘 불행하다고 느꼈다. 불행하니 꿈을 이루는 여정 또한 즐기지 못했다. 지금 여기에, 내 안에 이미 보물이 있다니? 그게 무슨 말 같지도 않은 소리인가 싶었다. 내가 이 소설을 잘 이해하지 못했을 수 있으니 침착하게 다시 생각했다. 내가 원하는 걸 이루지 못해도 지금 내 안에 이미 보물이 있다는 건 무슨 의미일까? 솔직히 몇 년간은 이 소설의 의미를 제대로 이해하지 못했다.

긴 세월이 흐르고 〈연금술사〉를 다시 읽었다. 그런데 모험 마지막에 산티아고가 이미 자신의 안에 있는 보물을 알아차리는 장면에서 눈물이 흘렀다. 내 안에 이미 존재하고 있던 보물의 의미가 무엇인지 알 것 같아 울컥했다. 그 소설은 나에게 용기를 주고 있었다. 이미 내 안에 답이 있음을 확신하게 해 주었다. 카페에서 혼자 읽고 있었는데 감격한 바람에 눈물이 줄줄 흘렀다. 꽤 부끄러웠다.

나는 늘 '저기'를 꿈꾸며 살았다. 내가 지정해 놓은 곳, 그 목표에 도달해야 행복할 거라 믿으면서. 어쩌면 그곳에 도달하기 위해 지금의 희생은 당연하고, 불행해도 된다고 합리화하고 있었는지 모르겠다. 목표를 이루려고 집착하는 사이 내 옆의 소중한 순간들을 놓치고 있었다는 걸 알게 되었다. 목표를 위해 지금을 희생하는 삶의 태도로는 내가 목표하는 바를 이루기는커녕 평생 행복하지 못할 듯했다. 내가 원하는 삶은 배우로 성공해서 사람들에게 인정받는 것인데, 그걸 이루기 전까지의 나는 무가치하다. 그런데 나는 그런 삶을 진정으로 원하는 걸까? 목표를 이루면 또 다른 목표를 정해야 할 텐데, 그럼 또다시 그전까지는 불행한 게 아닌가.

장미는 피어야 할 시기가 오면 핀다. 꽃이 활짝 필 때까지 잘 가꾸기만 하면 되니까. 활짝 피지 않은 봉오리 상태도 장미는 장미다. 아직 필 시기가 되지 않았을 뿐이다. 내가 해야 할 일은 내가 장미라는 걸 믿고 잘 가꾸면 언젠가는 핀다는 걸 그저 아는 것이다. 그런데 나는 봉오리 상태의 내 모습은 장미로서 가치가 없다고 생각했다. 기다리면 피는 걸 피지 않을까 봐 전전긍긍하며 살았다.

행복은 '저기'가 아니라 '여기'에 있다는 걸 알지 못했다. 지금 꿈을 이루기 위해 열심히 살아가는 나의 모습, 고민하고 애쓰는 지금 내 모습이 이미 보물이고 가치가 있다. 그동안 스스로 목표를 이루기 전엔 무가치하다고 생각하며 자신을 깎아내리고 있었다. 그런 생각이 들자 나에게 미안했다. 지금 나는 이대로도 반짝거리는데, 스스로 그걸 인정해 주지 못했다. 내면의 목소리는 '배우가 되고 싶다.'가 아니라 '네가 행복하길 원해.'라고 외치고 있었다. 행복이란 무엇을 이뤘을 때가 아니라 무엇을 이루기 위

해 열심히 살고 있는 내 모습을 인정해 주는 순간 찾아왔다. 그
날 나는 나에게 사과했다.

그동안 너를 불행하게 만든 건 세상이 아니라 나였어. 불행
하게 만들어서 미안해. 무엇을 이루지 않아도 너는 존재만으로
도 가치 있는 사람이야.

07

나를 더 단단하게 만들어 준 것

나는 독서의 맛을 늦게 알았다. 가끔은 20대가 넘어서 독서의 맛을 알게 된 데에 아쉬운 마음이 들기도 하지만, 이내 마음을 고쳐먹는다. 20대 초반에라도 알게 되어 감사하다고. 독서야말로 마음만 먹으면 누구나 즐길 수 있는 취미다. 정말 특별할 게 없다. 뮤지컬 관람이나 승마, 골프처럼 많은 돈이 필요하지도 않다. 돈 한 푼 없어도 괜찮다. 요즘 공공 도서관이 너무 좋아서 언제든 무료로 책을 빌릴 수 있고, 심지어 읽는 공간도 깨끗이 조성되어 있다. 아무리 생각해도 독서라는 취미에는 장점밖에 없다. 그런데 그 맛을 왜 이리 늦게 알았는지 들여다보니, 독서라는 건 읽기 능력이 뛰어나고 특출난 사람들의 취미라는 인식이 자리 잡고 있었기 때문이었다. 20대 초반까지 만났던 사람 중에 독서가 취미인 사람은 딱 한 명이었다. 그래서 독서를 '특별한' 취미로 여기게 되었다. 나는 과연 독서와 같은 고차원적 유희와 잘 어울리는 사람일까? 게임, TV 시청, 수다, 술자리 등등 손쉽고 가벼운 유희와 어울리는 사람이 아닐까?라는 생각을 종종했다. 이 생각은 낮은 자존감에서 시작되었다.

그렇다. 이전의 나는 굉장히 자존감이 낮았다. 그 당시에 썼던 일기만 봐도 알 수 있다. '나는 왜 이럴까?', '나는 제대로 하는 게 하나도 없다.' 일기에서도 자신을 끊임없이 낮추고 있었다. 그래서 20대 초반의 나에게 가장 큰 과제이자 목표는 어디서든 당당한 사람이 되는 것이었다. 지금의 내 모습을 보면 믿기 힘들겠지만 학창 시절에 떨려서 발표도 제대로 하지 못했다. 식당에서는 부끄러워 주문도 못 했고, 친구들과 대화를 나눌 땐 목소리가 워낙 작았기 때문에 상대로부터 '응? 뭐라고 했어?'라는 말을 자주 들었다. 어쨌든 그런 나였기 때문에 독서라는 교양 있는 취미는 보잘것없는 나와 어울리지 않는다고 생각했다.

스스로 온실을 걸어 나온 그날부터 파란만장한 인생이 펼쳐졌다. 온실 속 화초처럼 살아온 나는 세상의 무서움을 처음 겪었다. 특히 지방에서 막 올라와 세상을 잘 몰랐던 순진한 청년에게 연예계는 어마무시한 세계였다. 그 세계에서 평가받는 건 일상이었고, 나는 그런 평가에 영향을 적잖이 받았다. 정말 많이 흔들리고 방황했다. 하지만 고향으로 돌아가고 싶지는 않았다. 내 내면의 소리는 다시 안락한 생활로 돌아가서 편하게 살라고 하지 않았다. 이 상황을 극복해서 꿈을 이루라고 소리쳤다. 그런 상황을 극복하려면 지혜, 내면의 발전, 멘탈 관리가 시급하다고 판단했다. 그렇게 발길이 닿은 곳이 서점이었다. 거기서 나를 독서의 세계로 이끌어 준 운명 같은 책을 만났는데, 그건 이지성 작가의 〈여자라면 힐러리처럼〉이라는 책이었다. 부제목이 '꿈을 품은 모든 여자가 세상의 중심에 우뚝 서는 법'이었는데, 지금 생각해 보면 내 마음속에서 '어디서든 당당한 여성이 되고 싶다.'라는 소리를 듣고 선택한 책이지 않았을까. 그 책은 독서량을 폭발적으로 늘려 준 계기가 되었다.

힐러리 로뎀 클린턴. 그녀는 미국 제42대 대통령 빌 클린턴의 영부인이자 미국 연방 상원의원·국무장관 등으로 이름을 알렸다. 최초의 미국 여성 대통령이 될 가능성이 대두되면서 2000년대 많은 여성의 우상이 되기도 했다. 그녀의 성공 비결 14가지를 정리한 책이 바로 〈여자라면 힐러리처럼〉이다. 읽은 지 너무 오래돼서 전체 내용이 뚜렷하게 기억나진 않지만 내 머릿속에 꽂혔던 부분만은 아직 남아있다. 바로 고전 독서에 대한 내용이다. 이 세계를 이끄는 리더는 대부분 고전을 읽었단다. 그렇다면 고전을 읽으면 지금의 소심함과 무가치함이 사라지지 않을까? 내 사고 체계가 바뀌지 않을까?라는 희망이 생겼다. 고전을 읽으면 내가 꿈꾸던 당당한 여성이 될 수 있을 것만 같았다. 당시에는 서점 구석 바닥에 앉아서 책을 읽을 수 있었는데 그러고 있는 내 모습이 뭔가 멋있다고 생각했다.

그런 은근한 멋을 느끼면서 20대 초반의 늦은 나이에 독서를 시작했다. 1년에 100권 읽기를 목표로 두고 2~3년 내리 책만 읽어댔다. 그렇게 서양 고전, 동양 고전 관련 도서를 읽다가 자연스럽게 세계 문학도 읽게 되더니 이내 시, 산문, 철학, 심리 등으로 독서 영역이 넓어졌다. 다양한 분야의 책을 많이 읽다 보니 명서에 담긴 일관성 있는 메시지를 발견했다. 내면의 소리를 들으라는 메시지를 남긴 작가가 참 많다는 것. 그 소리를 당신도 들어 보라는 이야기를 하는 작가가 참 많다는 것이다. 책 한 권을 쓰는 게 쉬운 일이 아님에도 위대한 작가들이 '내면의 소리를 따라가!'라는 메시지를 담기 위해 책을 남겼다는 건 이 메시지가 그만큼 중요하기 때문이 아닐까.

독서하는 습관은 내면을 단단하게 만들어 줌과 동시에 내 진짜 욕망을 찾아가는 데에 용기를 심어 주었다. 뭐든 시도해 보자. 극단도 했고, 유튜브도 하고, 강연도 하고, MC도 하고, 모델도 한다. 지금은 책도 쓰고 있다. 어떻게 이런 다양한 경험을 하게 되었냐고? 도전하는 건 무조건 나에게 좋다는 걸 알게 된 뒤로는 경험하기를 두려워하지 않았기 때문이다.

다음 Step은 내가 도전했던 경험을 담았다. 그 경험을 통해 어떤 통찰과 지혜를 얻었는지 공유하고 싶었다. 그리고 용기를 주고 싶었다. 새로운 도전 앞에서 우물쭈물하고 있다면, 당장 실행할 수 있도록 용기를 가득 담았다. 용기가 필요하다면 무조건 도움이 될 내용이다.

STEP 2

✦

매일을 당당하게 가치 있게 용기 있게

✦

✦

✦

✦

✦

01

두려워 말고 일단 도전해

전날부터 심장이 쿵쿵 뛰었다. 잠을 청해 보려 눈을 감았지만 정신은 말똥말똥했다. 그리고 머릿속에서는 온갖 생각이 자신이 먼저라는 듯 앞다투어 피어올랐다.

'잘할 수 있을까?', '실패하면 어쩌지?', '아무도 몰라주면 어쩌지?', '망신당하는 건 아니겠지.', '사람들이 어떻게 생각할까?'

당일 아침이 되자 다한증도 없는데 갑자기 손에서 땀이 나기 시작했다. 도망가고 싶다는 생각이 들었다. 지금이라도 도망갈까? 하지만 이미 피할 수 없었다. 모든 게 준비되었고, 나만 등장하면 된다. 지금 할 수 있는 거라곤 심호흡밖에 없다. 숨을 크게 들이마시고 내쉰다. 그리고 자리에 오른다. 사람들의 박수가 흘러나오고 자리에 앉아 있는 분들의 표정이 보이기 시작한다. 자리에 오른 뒤에는 열심히 준비했던 내용이 생각을 거치지 않고 곧장 표현된다. 표현 '한다'보다 표현 '된다'가 적당하다. 저절로 움직이고 말하는 중이니. 그 순간에는 딱히 생각이라는 걸 하지 않는다. 보통 이 상태를 '몰입'이라고 부른다. 무대에 오르기 전

76

까지는 오만가지 생각이 나를 휘감고 있었는데, 그런 순간이 언제 있었냐는 듯 아무 생각 않고 몰입해서 표현한다. 그리고 그 시간이 끝나면 단 하나의 감정만 남는다.

"이게 살아있는 거구나!"

살아있음을 느낀 강렬한 감정이 또 다른 도전을 가능하게 만든다. 결국 두려움은 사라지고, 살아있음이 선물로 주어진다는 걸 아닐까.

태어나 처음으로 30명이 넘는 사람들 앞에서 강연하던 순간이었다. 2시간 동안 오직 내 이야기를 들으러 온 분들을 위한 강연. 돌이켜 보면 늘 새로운 도전의 연속이었다. 서울로 상경하고, 배우 지망생을 하고, 극단을 만들어 연극하고, 북튜버를 시작하며 강연도 하고, 지금 이렇게 책을 쓰는 일까지 말이다. 도전을 많이 한 만큼 실패의 경험도 많았다. 도전을 자주 하니 사람들은 내가 두려움을 느끼지 않는다고 생각할 수도 있지 않을까 싶다. 하지만 나는 불안도가 꽤 높은 편에 속하는 사람이라 준비는 다 해 놓고도 막상 때가 되면 도망가고 싶었던 적이 한두 번이 아니다. 그리고 도전의 결과가 모두 내 기대에 부응한 것도 아니었다. 생각보다 반응이 없어서 좌절한 적도 많고, 나랑 맞지 않아서 중간에 포기한 적도 많다. 그럴 때마다 또다시 좌절감에 빠지곤 했다. 그 순간엔 실패했다고 생각했는데, 지금 와서 되돌아보니 그 실패의 경험이 여기까지 오는 여정이 되었다. 문제는 늘 생겼다. 그때마다 무척 힘들고 슬펐지만 결국에는 해결되었다. 문제를 겪는 순간엔 정말 죽을 만큼 괴로웠지만 지금은 '왜 그렇게 울었을까?'라는 생각이 들 정도로 기억이 흐릿한 경험이 다수다.

지금까지 겪었던 문제가 결국에는 해결되었다. 이 말은 지금 겪고 있는 문제, 혹은 앞으로 겪게 될 문제도 시간이 지나면 결국 해결된다는 걸 뜻한다. 이렇게 인식이 바뀌니 그동안 내 기대에 미치지 못해서 실패라고 규정지었던 일들이 모두 성공으로 가는 과정이라고 생각하게 되었다. 실패는 내가 실패라고 규정지을 때만 실패가 된다. 그 경험을 '실패'가 아닌 '성공으로 가는 길에 겪은 해프닝'이라 규정하면 그것은 더 이상 실패가 아니게 된다. 재미있는 영화나 소설의 주인공은 대부분 한 번은 꼭 실패를 겪는다. 한결같이 고난을 딛고 일어선다. 그렇게 원하는 걸 이뤄낸다. 그 작품의 결말이 성공이라면 그 과정에서 겪은 실패는 실패가 아니라 성공으로 가기 위한 과정인 것이다. 우리의 삶도 마찬가지라고 생각하면 실패할지도 모른다는 두려움에서 벗어날 수 있다.

내가 삶을 포기하지만 않으면 사실 실패란 없다. 삶이 지속되는 한 모든 경험은 그저 과정일 뿐이다. 이런 마인드로 뭐든 다 해 본다. 그리고 하다가 못하겠으면 내려놓는다. 많은 경험을 해 봐야 나에 대해서 더 잘 알 수 있다. 도전에 대한 두려움이 다양한 경험을 해 볼 기회를 앗아 가고, 결국 나에 대해서 알 기회까지 날아가게 한다. 한 번 사는 인생인데 여러 가지 경험을 맛보지 못한다면 아깝지 않은가? 나는 앞으로도 해 보고 싶은 일을 다 하며 나라는 사람에 대해서도 깊이 알아 갈 예정이다. 우리의 경험을 막는 주체는 새로운 시도를 할 때 마주하게 되는 두려움이다. 그런데 이 두려움은 아무것도 아니다. 도전했다가 성과를 내지 못해서 세상 사람들이 실패했다고 말하더라도 내가 아니라고 하면 아니니까.

'누가 실패래? 그저 성공으로 가는 과정 중 하나일 뿐이야.'

이런 마음으로 임한다면 뭐든 다 해 볼 수 있지 않을까? 지금부터는 내가 어떻게 두려움을 이겨 내고 다양한 경험을 했는지, 또 경험을 통해서 어떤 지혜를 얻었는지에 대한 이야기를 담았다. 이 책을 읽는 당신도 두려움을 이겨 내고 도전하는 것에 용기를 내길 바라는 마음으로 읽었으면 좋겠다. 결과에 대한 걱정은 미뤄 두고, 일단 Go!

02

두려움이라는 허상

인간은 왜 두려움을 느낄까? 파고들어 보면 결국 인간은 생존을 위해 두려움을 느낀다고 한다. 두려움은 허상이라는 사실을 이해하기 위해 인간이 왜 두려움을 느끼게 되었는지를 알아야 한다.

사실 두려움은 위험에서 우리를 보호해 주는 역할을 하는 고마운 감정이다. 옛날 옛적 인간은 약하디 약한 존재였다. 지금이야 야생에 내던져질 일이 없으므로 생명을 위협하는 생명체를 만나지 않지만 옛날에는 죽음에 대한 위험이 도처에 늘 도사리고 있었다. 세상은 인간보다 강한 생명체들로 가득했고 기후나 환경 변화도 예상하지 못했고 또 질병에도 취약했다. 그런 상황에서 '위험에 처했으니 조심해!'라고 신호를 주는 역할을 두려움이 했다. 우리가 두려움을 느낄 때 일어나는 몸의 생물학적 반응 덕분에 인간은 생명을 지킬 수 있었다.

혼자 산을 타다가 멧돼지를 만났다고 상상해 보자. 아마 당신은 얼굴이 창백해지고 눈이 커지고 온몸이 떨리고 목뒤가 경

직되며 머리카락이 바짝 서는 느낌이 들 테다. 또 심장이 미친 듯이 뛰고 숨도 가빠질 것이다. 이런 신체 반응이 생기는 이유는 신비롭게도 인간이 생존에 유리하게 작용하기 위해 본능적으로 반응한 결과이다. 원시 시대에 두려움이라는 감정은 생명에 위협을 받을 때 느끼는 방어 기제와 같았다. 200만 년 인류의 역사로 보면 대부분의 기간은 무방비 상태로 생명의 위협을 받는 시간이었다. 그로 인해 인간의 유전자에는 두려움이 장착되었다. 그러나 지금은 살면서 생명에 위협을 느낄 일이 거의 없다.

하지만 우리는 두려움을 자주 느낀다. 친구가 뒤에서 내 험담을 했다고 하면 심장이 뛰면서 화가 나고, 길을 걷다가 넘어지면 얼굴이 붉어진다. 일상에서 일어나는 사건 사고가 생명을 위협하지는 않는데도 200만 년 동안 인류를 지켜 온 교감 신경은 생명이 위협받는 줄 알고 작동한다. 그래서 우리는 우리에게 두려움을 일으킨 상황이나 상대를 적으로 인지하게 된다.

신체 시스템은 우리 몸에 강력하게 남아 우리를 보호하려 한다. 산에서 멧돼지를 만나 두려움을 느낄 때 일어나는 반응은 위험에서 우리를 구출해 준다. 하지만 일상에서 겪는 사건으로 인해 일어나는 반응은 우리에게 그리 필요하지 않은 반응이다. 오히려 불편하기만 하다. 그래서 우리는 이 부정적 반응을 느끼고 싶어 하지 않는다. 그래서 상황을 예측 가능하게 통제함으로써 두려운 감정을 피하려고 한다. 그런데 당신은 이 사실을 알고 있는가? 우리가 느끼는 두려움은 착각이라는 것을.

이 사실만 받아들이면 삶이 훨씬 수월해진다. 나의 교감 신경을 자극한 저 사람과 이 상황은 나를 결코 죽이지 못한다는 걸 인지하는 것만으로도 두려움에서 벗어날 수 있기 때문이다. 나는 이 사실을 알게 된 후로 어떤 도전을 할 때 두려움이 느껴지면 이렇게 생각한다. '내가 느끼는 이 감정은 진짜가 아니다. 내가 걱정하는 일, 불안해하는 일은 일어나지 않을 것이고, 일어나더라도 나를 죽이지 못한다. 두려움은 유전자가 심어 놓은 허상이다.' 처음에는 잘 믿어지지 않았다. 두려움이라는 감정에 빠져들 때가 많았다. 하지만 포기하지 않고 두려움에서 기인한 부정적인 감정이 올라올 때마다 알아차리고 인식하려 애쓰다 보니 점점 받아들이게 되었고, 조금 더 용감한 사람이 되었다.

유튜브를 한번 시작해 볼까? 인스타그램을 해 볼까? 새로운 사업에 도전해 볼까? 이런 고민은 당신에게 어떤 두려움을 주는가. 잘 생각해 보면 인생이 폭삭 망하는 일도 아니다. 유튜브 한번 해 보고 안 되는 게 생명을 위협하는 행위인가? 사업을 시작해 보는 건 조금 위험해질 수도 있지만 우리는 안다. 사업으로 엄청나게 성공한 사람들 중에 사업 실패를 경험해 보지 않은 사람이 거의 없다는 걸. 다시 일어설 수 있다. 내가 스스로 삶을 포기하지만 않는다면 충분히 가능하다.

'걱정거리의 79%는 실제로 일어나지 않고, 16%는 미리 준비하면 대처할 수 있다.' 미국 펜실베니아 주립대 University of Pennsylvania 의 탐 보르코벡 Borkovec, T.D. 연구진이 발표한 연구 결과라고 한다. 실제 일어나지 않는 걱정거리 79%, 미리 준비하면 대처할 수 있는 걱정거리 16%를 제외하면 우리가 걱정하는 것 중에 단 5%의 걱정거리만 현실이 된다는 것이다. 단 5%의 가능성 때문에 전전긍긍하고 있었던 것이다. 그래서 나는 새로운 도전을 고민하는 사람을 만나면 무조건 하라고 말한다. 뭔가 해보려 할 때 느껴지는 걱정과 두려움은 허상이니까. 당신이 하는 걱정의 95%는 일어나지 않을 문제이니 부디 두려워하지 말고 일단 시도해 보라고.

03

시작이 반이야

'그날은 맑았으면 좋겠어.', '식당 웨이팅이 없으면 좋겠어.'

이런 기대는 희망적이지 않다. 오히려 스트레스를 준다. 왜 냐하면 날씨나 식당 대기 같은 상황은 내가 통제할 수 있는 영역 의 일이 아니기 때문이다. 우리는 신이 아니다. 여행 계획을 짜 는 건 내가 할 수 있지만 여행 가는 날에 날씨를 좋게 만드는 건 내가 통제 할 수 있는 일이 아니다. 또한 함께 가는 사람의 컨디 션도 내가 마음대로 바꿀 수 없다. 기대하는 게 많아질수록 불 행할 확률이 높아진다. 그런데 우리는 모든 상황이 자신이 생각 한 대로 펼쳐지길 기대한다. 이는 연인, 부부, 가족 간에 싸움이 나는 이유 중 하나이기도 하다. 상대는 내 마음대로 조종할 수 있는 존재가 아닌데 내 뜻대로 움직이려고 한다. 술 좀 줄여. 아 침에 일찍 일어나. 하루에 책 한 권은 읽어야지. 운동 좀 해. 연 락 자주 해 등등. 내 불안감과 불편함을 없애기 위해 끊임없이 상대의 행동을 제약하려 든다. 내가 옳다고 생각하는 기준을 강 요하면서. 하지만 상대가 아무리 가까운 연인, 가족이라도 나와 다른 개별적인 존재이다. 그도 그만의 생각이 있는 독립된 주체인데 그 부분을 인정해 주지 않고 도리어 나의 두려움을 이해해 줘야 하는 존재, 내가 요구하는 걸 들어줘야 하는 존재로만 생각하고 있다.

온실을 나와 야생으로 발을 디딤과 동시에 세상은 나의 적이 되었다. 세상은 내 마음대로 되지 않는데, 그게 진리라고 인정할 수 없었기 때문에 스스로 세상을 적으로 규정했다. 세상을 적으로 만들 것인가, 내 편으로 만들 것인가. 이것은 내가 정하면 된다. 아주 쉽다. 그냥 세상은 '원래' 내 맘대로 안 되는 게 자연의 이치라는 걸 받아들이기만 하면 된다.

내 마음대로 되면 기쁘다. 그러나 내 마음대로 되지 않으면 슬프고, 화가 나고, 좌절한다. 마음대로 하고 싶은 게 많아지고 기대가 많아질수록 부정적인 감정을 느낄 확률이 높다. 왜냐하면 세상은 내 계획과 기대에 맞춰서 움직여 주지 않기 때문이다. 우리는 실망하고 싶지 않다. 상처받기 싫다. 그래서 시도하기를 포기한다. 아예 하지 않기로 선택한다. 하지만 회피는 내 삶을 성장시켜 주지 못한다. 두려움과 걱정 때문에 통제되지 않는 상황을 피하기만 하면 우리는 정체될 게 뻔하다. 우리는 내면의 소리를 듣고 많은 경험을 통해서 진짜 내가 원하는 게 무엇인지 찾아야 한다. 거기에 행복이 기다리고 있다.

2018년, 유튜버는 레드오션이라며 다들 시작하기를 주저했다. 지금보다 채널이 훨씬 적었는데도 말이다. 처음에 나는 딱히 유튜브를 할 생각이 없었다. 직장에 다니며 극단 생활하기도 바빴고 영상 제작, 편집이라는 기술이 나와는 상관없다고 느껴졌기 때문이다. 그런데 유튜브를 시작하게 된 계기는 예상치 못한 곳에서 찾아왔다. 당시에 새롭게 생긴 흥미가 있었는데, 바로 명상이었다. 태어나 처음 명상에 대해 관심을 갖게 되었고, 유튜브로 명상에 대한 영상을 많이 찾아보던 중, 즐겨 보는 마음 챙김 채널이 생겼다. 영상 스타일은 단순했다. 방 한편에 카메라를 설치해 두고 그 앞에서 이야기를 했으며 간단한 자막이 달려 있었다. 그 영상을 보고 멀게만 느꼈던 영상 촬영과 편집이라는 작업이 갑자기 가깝게 느껴졌다. '컷 편집과 자막 넣는 정도의 영상 제작은 나도 할 수 있지 않을까?'라는 생각이 든 것이다. 그때 재미있게 읽고 있던 책이 기시미 이치로의 〈미움받을 용기〉였고, 이 책을 감명 깊게 읽어서 독서 노트도 꼼꼼하게 썼다. 내 인식의 전환이 크게 일어난 책이었다. 재미있게 읽은 책이 있으면 사람들한테 추천하고 싶었다. 나만 이렇게 좋은 내용을 알고 있는 게 아쉬웠다. 하지만 안타깝게도 주변에는 책을 좋아하는 사람이 별로 없었다. 〈미움받을 용기〉를 널리 알리고 싶은 마음이 굴뚝같았지만 그럴 수 없어서 답답했다. 그러던 와중에 유튜브라는 창구를 발견한 것이다.

'나는 책을 좋아하고, 좋은 책을 사람들에게 추천하는 걸 좋아하니 그걸 영상으로 만들어 보자.'라고 생각했다. 찾아보니 책을 소개해 주는 유튜버를 '북튜버'라고 부르고 있었다. 이미 여러 사람이 북튜버로 활동하고 있는 게 아닌가. 이런저런 고민 없이 바로 실행에 옮겼다. 정리하고 있던 독서 노트 내용을 대사로 만들어 핸드폰을 방에 세워 두고 찍었다. 그리고 무료 편집 프로그램을 다운로드 받아서 노트북으로 컷 편집을 하고 자막을 달았다. 맨 처음 만든 영상을 보면 참 담백하다. 영상에 자막만 있다. 첫 영상이 조회수가 꽤 나왔다. 처음 유튜브를 시작하는 사람들 이야기를 들어 보면 조회수 100회도 나오기 어렵다고 하는데, 그 영상은 금방 그 숫자를 훌쩍 넘었다. 구독자도 생각보다 빠르게 늘었다. 아마도 처음 리뷰한 책이 그때 인기 있던 책이라 검색 유입이 있었던 듯싶다. 그리고 많은 사람이 그 책의 가치를 알았으면 좋겠다는 진정성이 통한 게 아니었을까. 생각보다 반응이 좋으니 열심히 하기 시작했다.

그러나 시작하는 운이 좋아서였을까? 그 이후로 긴 버팀의 시간이 시작되었다. 일명 '존버'*. 채널을 만든지 4년 만에 구독자 1만 명이 되었다. 포기하고 싶은 마음이 수시로 올라왔다. 그럼에도 불구하고 지금은 용기 내서 시도해 보길 잘했다고 생각한다. 생각만 하고 시도하지 않았다면 지금의 나는 없었을 테니까. 덕분에 북 콘서트 MC도 하게 되었고, 유명한 작가들도 만

---

* 존버: '엄청나게 버티다'라는 뜻의 신조어.

날 수 있는 기회가 열렸다. 크리에이터나 독서법 관련 강연도 할수 있게 되었다. 퇴사도 했고, 책을 출간할 기회도 주어졌다. 또 유튜브 해야지라고 생각만 하던 지인들이 용기를 얻어 유튜브를 시작했다. 용기를 내서 소소하게 시작한 북튜버 활동이 5년 뒤 내 삶과 주변 사람들에게 큰 영향을 미치고 있고 지금처럼 꾸준히 하다 보면 영향력은 더 커질 게 분명하다.

막상 해 보면 생각보다 별거 아니다. 시작이 반이라고, 시작했다면 거의 다 한 거나 다름없다. 시도도 해 보기 전에 드는 각종 두려움과 걱정은 허상이다. 시작하고 나서 걱정했던 일이 현실이 될 수도 있지만 그건 그때 해결책을 생각하면 된다. 지금 해야 할 일은 그냥 시작하는 거다.

생각보다 반응이 좋았기에 오래 할 수 있었던 것 아니냐고? 모르는 소리다. 처음만 좋았지 그 이후에는 기대에 미치지 못하는 반응을 겪으며 멘탈을 부여잡는 시간의 연속이었다.

'아 맞아, 세상은 내가 기대한 대로 흘러가지 않지!'

04

세상은 내 예상대로 흘러가지 않아

　시작이 반이라면 나머지 반은 존버력*이었다. 유튜브 채널 만드는 게 더욱 대중화되면서 내가 처음 유튜브를 시작하던 때보다 훨씬 많은 사람이 유튜브로 유입되었다. 그런데 잘되는 사람은 드물다. 막상 시작했는데 생각만큼 잘되지 않으니 흥미를 잃고 포기한다. 쉽게 포기하는 사람들의 마음을 들여다보면 시작만 하면 빠르게 반응이 있을 거라 기대했는데 막상 영상을 제작하며 쏟는 에너지에 비해 반응이 없으니 실망하고 의욕을 잃어버린다. 잘될 거란 기대 없이 그냥 혼자 재미있으려고 한다는 마음으로 발을 들이면 더더욱 위험하다. 혼자 즐기기엔 들어가는 노력이 상당히 많고, 그 노력을 아무도 알아주지 않을 확률이 높기 때문이다. 유튜브는 인스타그램처럼 사진만 찍어서 올리는 간단한 작업이 아니다.(물론 인스타그램도 꾸준히 잘하는 건 어렵다.) 나는 누구보다 그 마음을 잘 안다. 유튜브를 처음 시작했을 때 생각보다 반응이 좋았지만 그때뿐이었다. 그 이후로는 답

---

* 존버력: 엄청나게 버티는 힘을 뜻하는 신조어.

답한 시간이 이어졌다. 5년 이상 영상을 올렸고, 그 영상의 개수가 현재 170개가 넘는다. 짧은 기간, 적은 수가 아니다. 내 영상 중에 가장 조회수가 높은 것은 〈전 세계적으로 1억 부 이상 팔린 책 순위 Best 5〉라는 영상인데, 조회수는 5.2만 회를 기록했다. 많다고 생각할 수도 있지만 170개의 영상 중 10만 회 이상 나온 영상이 없다는 건 소위 말하는 '떡상 영상'이 없다는 걸 의미한다. 떡상 영상이란 보통 조회수가 10만 회 이상 나온 영상을 뜻한다. 유튜버들 사이에서는 영상을 100개 정도 올리면 그중 떡상 영상 1개는 꼭 나온다는 이야기가 있다. 하지만 내 채널은 예외도 있다는 걸 친절하게 알려 준다.

영상 한 편을 기획하는 데에 꽤 긴 시간이 걸린다. 어떤 책을 다룰지, 어떤 주제로 할지 등을 정한다. 그리고 책 한 권 읽는데 4~5시간 정도가 걸린다. 그 책을 정리하는데 1~2시간 소요되고, 대본으로 만들어 내는데 1~2시간 걸린다. 대본을 숙지하고, 화장하는 등 촬영 준비를 하는 것도 시간이 필요하고, 촬영하는 시간도 1시간가량 소요된다. 이미 많은 시간이 들어가 보이지만 여기서 끝이 아니다. 편집이라는 어마어마한 친구가 기다리고 있기 때문이다. 편집이 익숙하지 않을 때는 정말 오래 걸렸다. 적어도 10시간이다. 30분짜리 영상을 10분으로 편집하려면 4~5번 이상 돌려 보면서 잘라내야 하는데, 4번만 돌려 봐도 이미 2시간이 지난다. 거북목이 되지 않으려 고군분투하고,

손목 터널증후군 증상도 버텨 가며 편집을 완성하고 나면 그다음 작업은 썸네일을 만들어야 하는데, 그것도 1시간은 족히 걸리는 작업이다. 북튜버 특성상 책을 읽고 정리해야 하기 때문에 다른 영상보다 시간이 조금 더 걸리는지도 모르겠다. 그렇지만 어떤 주제이든 기본적으로 영상 하나를 만들어 내려면 정말 많은 정성과 노력과 시간이 들어간다는 사실은 마찬가지다. 약 20~30시간가량 공을 들여 내 자식 같은 영상 한 편이 탄생했다. 너무너무 소중하다. 그 소중한 영상을 설레는 마음으로 채널에 업로드한다. 그런데 60분 동안 조회수가 10~20회, 이렇게 저조하면 기운이 쫙 빠진다. 세상이 나를 몰라주는 것만 같다. 나랑 이 세계는 맞지 않는다는 기분도 들고 말이다. 오만가지 좌절감을 맛보지만 여기에 빠져 있을 시간이 없다. 바로 다음 영상을 제작해야 하기 때문이다. 이런 패턴을 3~4회만 반복하면 대부분 자신과 맞지 않다는 결론을 내리고 포기를 선택한다.

첫 영상을 올리자마자 떡상하는 사람, 시작한 지 한 달도 되지 않아 구독자 1만 명을 달성하는 사람만 눈에 들어온다. 그래서 그런 유튜버가 많은 것 같지만, 단기간에 자리 잡은 유튜버는 정말 극소수이다. 또 단기간에 성공한 유튜버는 유튜브를 시작한 지는 얼마 안 됐을지 몰라도 그전에 잘되기 위한 경험을 충분히 한 사람들이다. 고민도 충분히 했다. 행여나 우연찮게 하나의 영상이 잘될 수도 있지만 그게 오래 유지되려면 기본적으로 좋은 영상을 만드는 기획력과 영상 제작 능력이 있어야 한다. 운으로는 오래 잘되기 어렵다. 그런 사람들에 비해서 나는 정말 아무것도 몰랐고 '어디 한번 해 볼까?' 같은 호기심 하나로 불쑥 시작했었다. 그러니 잘될 턱이 있나. 지금까지의 과정은 콘텐츠 제작자로 마인드 셋을 하는 과정이었다. 10만 회 넘는 영상이 성공이라 치면 나는 170번 이상의 실패를 한 셈이다. 하지만 아까도 말했듯이 실패란 내가 실패로 규정했을 때만 실패다. 나는 170번 이상 성공으로 가기 위한 경험을 맛봤다고 생각했다. 앞으로 몇 번을 더 해야 할지 모르겠지만 나는 세상에 말하고 싶은 메시지와 사람들이 듣고 싶어 하는 이야기 사이에서 균형을 맞추는 작업을 계속해 나갈 예정이다.

'금광 캐는 사람 이야기'를 늘 떠올린다. 금광을 찾기 위해 땅을 파고 파고 또 팠지만 금은 보이지 않는다. 앞으로도 영원히 없을 것 같으니 지금이라도 다른 쪽으로 가서 새롭게 파야 할 기분이 든다. 결국 그 굴을 포기했고, 다른 곳으로 이동했다. 사실은 한 번의 삽질만 더 하면 금을 찾을 수 있었는데 말이다.

큰 반응이 없는 유튜브를 5년 이상 지속했다. 그 시간은 세상이 내 뜻대로만 되지 않는다는 현실의 냉정함을 절실히 느낀 과정이었다. 나는 정성을 100 쏟았으니 100이라는 피드백이 와야 한다는 생각이 깨지는 시간. 내가 아무리 정성을 쏟아도 그만큼 반응이 없을 때도 있고, 정성을 별로 들이지 않아도 예상보다 큰 반응이 올 때도 있다. 세상이란 그런 것이다.

일타강사인 이지영 강사가 강의 중에 한 인상적인 이야기가 있다. 학생들이 공부하고 싶은데 공부가 안된다는 고민을 하면 그 말이 이해가 되지 않는다고. '공부를 하는 것'은 자신이 컨트롤 가능한 영역인데 자신의 삶도 컨트롤하지 못하면서 어떻게 세상이 내 마음대로 될 수 있겠냐고. 내 마음대로 되지 않는 세상에서 유일하게 내 마음대로 할 수 있는 게 공부라고. 그렇다면 선택할 수 있다. 최선을 다하든 다하지 않든 결과를 내 입맛에 맞게 얻을 수 없다면 당신은 어떤 선택을 할 것인가?

최선을 다하기 vs 대충 하기. 이 질문에 대해서 곰곰이 생각해 본 적이 있다.

1-1 최선을 다한다 ⇨ 나쁜 결과 ⇨ 최선을 다했으니 후회 없다

1-2 대충 한다 ⇨ 나쁜 결과 ⇨ 최선을 다할걸 후회한다

2-1 최선을 다한다 ⇨ 좋은 결과 ⇨ 뿌듯하고 성취감을 느낀다

2-2 대충 한다 ⇨ 좋은 결과 ⇨ 안일주의에 빠진다

어떻게 하든 최선을 다하는 쪽이 나에게 당당하고 이로운 결론을 도출한다고 판단했다. 그래서 나는 내가 통제할 수 없는 일에 미련을 버리고 내 의지로 할 수 있는 부분에 최선을 다하기로 했다. 유튜브도, 지금 하고 있는 책 집필도, 삶을 살아가는 것도, 나를 사랑하는 것도.

05

성장을 위한 최고의 비법

나는 독서의 힘을 안다. 독서는 나의 삶을 180도 바꿔 놓았다. 자존감도 채워 주고, 뇌도 트이게 해 주고, 말도 더 논리적으로 할 수 있게 해 주고, 글도 쓸 수 있게 해 주었다. 일기를 쓸 때도 더욱 철학적으로 사고할 수 있게 도와주었으며 내가 누구인지 찾는 방법도 가르쳐 주었다. 나는 독서의 순기능을 직접 체감한 사람이다.

학창 시절, 문학 점수가 다른 과목에 비해 상대적으로 낮았다. 당시에는 글 읽는 게 많이 힘들었다. 내가 문학과 맞지 않는 사람이라 생각해서 이과를 선택한 것도 있다. 그랬던 나인데, 독서를 오래 한 이후 이강백의 〈결혼〉이라는 희곡 작품에 대한 모의고사 문제를 풀어 본 적이 있다. 그런데 이게 무슨 일인가. 10문제가량 되는 걸 다 맞힌 것이다. 심지어 문제를 읽으면서 출제자의 의도도 자연스레 파악이 되었다. 지금 문학 시험을 보면 문학 공부를 열심히 했던 고등학생 때보다 훨씬 좋은 점수를 받을 거라는 것은 자명한 사실이다.

이뿐만이 아니다. 아이큐 테스트를 했는데 여기서도 독서의 효과가 나타났다. 초등학생 때에는 당시 반 평균보다 낮은 아이큐가 나왔다. 그 결과로 나는 내가 멍청하다고 생각했다. 나는 공부랑 어울리지 않는다고. 그랬던 기억이 있는데 30대가 넘어서 인터넷으로 할 수 있는 간이 아이큐 테스트를 해 보니 133이라는 결과가 나온 것이다. 간이 테스트라서 공신력은 떨어지겠지만 그래도 문제를 풀면서 핵심을 빠르게 파악하고 푸는 나를 느낄 수 있었다.

나를 성장시켜 준 습관 중에 최고봉은 명상이다. 근데 이 명상도 독서를 통해 헤르만 헤세라는 귀인을 만나지 못했다면 시작하지 않았을지도 모른다. 독서가 정말 좋은 취미 생활이라고 몸소 느꼈기 때문에 독서를 많은 사람이 하길 바랐다. 스스로 보잘것없다고 느꼈던 내가 이렇게 자존감이 높아졌다면 모두가 할 수 있는 것이라고 생각했다. 그 강력한 힘을 독서에서 얻었다. 그렇기에 예전의 나처럼 자존감, 자신감이 떨어지고 자책하는 사람이 있다면 독서를 꼭 추천한다.

그러나 내 희망과는 반대로 대한민국의 독서율은 점점 더 떨어지고 있다. 나는 이런 흐름 속에서 독서를 시작해 보고 싶은 사람들이 독서가 재미없어서 떠나지 않도록 하는 데 기여하고 싶다. 나도 안다. 세상에는 정말 재미있는 게 많다. 유튜브, 인스타그램, 넷플릭스 나도 다 본다. 그래서 책을 읽기 더더욱 어려운 세상이라 표현하는 것이다. 이런 때일수록 책을 읽는 사람은 더욱 희소성이 생길 것이다.

나는 앞으로도 내가 느꼈던 좋은 생각들을 콘텐츠로 생산하며 사람들과 나누는 일을 하려고 한다. 지금 내가 이렇게 책을 쓰는 행동도 그런 일 중에 하나이다. 내가 내면의 소리를 들었던 경험, 인식의 전환이 일어났던 계기, 독서가 나를 어떻게 변화시켰는지 등 이 책에 담은 모든 건 사람들에게 도움이 되고자 하는 마음이다. 이런 마음으로 계속하다 보면 이 진심이 통하는 날이 올 거라는 믿음을 가지고 있다. 생각대로 되지 않으면 많이 흔들리기도 한다. 그래서 매일 아침 명상을 하고 일기를 쓰면서 의미를 되새긴다.

이렇게 의미를 찾으니 꾸준히 할 수 있는 힘이 생긴다. 내가 이 일을 해야만 하는 이유가 있다고. 원하는 일, 의미를 찾는 게 쉽지 않지만 한번 찾으면 삶에 생기가 생길 수밖에 없다. 이 생동감 있는 삶의 맛을 당신도 느껴 봤으면 좋겠다.

06

너는 왜 그런 말을 했을까?

나는 연기적 재능을 타고나지 않았다. 감수성 있고 감정이 풍부하기보다는 이성적이고 논리적인 면이 더 강해서 고등학생 때 이과였고, 대학 전공도 재료공학이었다. 수학, 과학 문제 푸는 데에 익숙해서 그런지 무엇보다 논리와 개연성이 중요했다.

그런 성향 탓인지 연기할 때도 동선을 계산하고 대사를 마음이 아닌 머리로 이해했다. 텍스트를 읽고 감정 이입해 무대에서 그 역할에 몰입해야 하는데 정작 무대에 오르면 동선 계산, 다음 대사 생각을 하고 있었다. 약 10년간 무대에 오르면서 눈물을 흘려야 하는 상황에 마음이 동해서 눈물을 흘린 적이 별로 없다. 정말 슬픈 상황을 연기하다가 눈물이 흐를 것 같으면 '어? 눈물이 나려고 하네?'라는 생각이 끼어들었다. 그 생각은 힘들게 모은 내 눈물을 앗아가기 일쑤였다. 꼭 눈물을 흘려야지만 연기를 잘한다고 할 수는 없지만 배역에 몰입을 하지 못한다는 건 배우에겐 슬픈 일이었다. 그런 공연을 한 날이면 자책하느라 잠을 못 잤다. 연기력 향상을 위해서는 공감 능력이 필요했다. 그렇게 고민이 쌓이고 쌓이다가 해답을 얻을 수 있던 통로가 바로 손원평 작가의 <아몬드>라는 장편 소설이었다. 이 책은 나에게 공감 능력은 키울 수 있는 것이라는 희망을 주었다.

소설 속 주인공 윤재는 편도체가 고장이 난 친구이다. 외부에 자극이 오면 다양한 감정을 느끼게 해 주는 게 편도체인데, 윤재는 외부에 자극이 있어도 편도체 이상으로 감정을 잘 느끼지 못한다. 감정을 희미하게 느낄 뿐이다. 그래서 윤재 엄마는 윤재에게 감정을 글로 가르쳐 준다. '상대가 웃으면 비슷한 강도로 웃어야 한다.'라는 식으로 말이다. 그런 교육이 무색하게 엄마와 할머니가 자신의 눈앞에서 살해당하는 순간에도 윤재의 표정은 무덤덤하기만 하다. 이렇게 공감 능력 부재자인 윤재가 곤이라는 동갑내기 친구를 만나면서 변해 가는 과정이 담겨 있다. 이 소설에서 핵심은 윤재가 편도체 이상으로 공감 능력이 부족하지만 곤이와 우정을 쌓아 가며 감정을 배우고, 결국엔 감정을 느끼게 된다는 것이다.

우리는 살면서 편도체에 이상이 없으면서도 공감 능력이 없는 사람들을 자주 만난다. 나 또한 그중에 하나였을지도 모르겠다. 책 속에서도 편도체에 이상이 있는 윤재보다 공감 능력이 없어 보이는 경찰관, 간호사, 기타 주변인 등이 등장한다. 직장 생활을 하기 위해서는 아픈 사람, 힘들어하는 사람을 볼 때마다 마음 아파하면 안 된다고 교육받았다. 이렇게 공감 능력이라는 건 배울 수도 있고 의도적으로 줄일 수도 있다.

〈아몬드〉에서 맨 처음 윤재를 소개하는 문장을 다시 읽어 보니 희망이 보였다. 편도체가 '고장' 났다는 표현은 고치면 제 기능이 가능하다는 의미이고, 감정을 '잘' 느끼지 못한다는 건 노력하면 느낄 수 있다는 뜻이며 감정이 '희미하다'는 건 뚜렷해질 수 있는 거라고. 부족한 공감 능력은 훈련으로 키울 가능성이 있다는 희망적인 이야기로 읽혔다. 그래서 소설을 다 읽고 공감 능력 관련 책과 자료를 찾아보니 공감 능력은 훈련을 통해 학습이 가능하다는 게 사실이었다.

돌이켜 보니 〈아몬드〉를 읽기 전부터 연극 무대는 나에게 공감 능력을 키워 주는 훈련의 장이었다. 공연을 하면 하나의 인물을 부여받게 되고, 당분간은 그 캐릭터로 생각하며 살아갔다. 대본에 내가 맡은 인물이 '밥 먹었어?'라고 말하는 부분이 있다고 치자. 그 말이 단지 상대의 식사 여부가 궁금해서 묻는 건지, 상대한테 화가 났지만 풀고 싶어서 괜히 물어 보는 건지, 배가 고파서 같이 밥 먹자는 의도로 묻는 건지. 앞뒤 상황에 따라 그 대사에 주어지는 의미는 엄청나게 달라진다. 여기서 끝이 아니라 인물의 성격에 따라서 같은 상황이라도 표현이 완전히 달라진다. '나라면 어떨까?'라는 생각을 해야 하지만, '이 인물이라면 어떨까?'라는 생각도 해야 한다. '너는 왜 그런 말을 했을까?' 상대방의 입장에서 이해해 보려는 질문이 필요하다.

살아오면서 연기하기 전까지 이 질문을 해 본 적이 없다는 걸 알았다. 이래야 한다는 걸 배운 기억도 없다. 그래서 맨 처음에 내가 연기하는 캐릭터의 감정을 공감하는 행위가 너무 어려웠다. 머리로 이해하는 건 가능했지만 그 이해가 가슴으로 내려와 공감이라는 단어로 변하질 않았다. 공감이 되어야 마음이 동해서 행동으로 나올 것 같은데, 내 연기는 머리에서 행동으로 바로 표현되었다. 계속 답답한 마음이 들었지만 그래도 인물 분석을 하면서 캐릭터에 마음 붙이는 훈련을 하다 보면 아주 조금씩 인물의 감정에 가닿는 게 느껴졌다. 그렇게 연극을 하고 6~7년이 지나고서야 울어야 하는 부분에서 내가 연기하는 인물과 마음이 맞아 눈물을 흘릴 수 있었다. 인물 분석을 할 때는 기술적으로 그렇게 하는 거라 배워 인물의 입장에서 생각하는 연습을 했다. 이런 '상대방 입장에서 생각하는 행동'이 공감 능력을 키우는 훈련으로 작용했다.

이 훈련은 내가 사회생활을 하는 데 큰 도움이 되었다. 직장 상사가 어떤 말을 하면 왜 저런 말을 한 걸까? 내가 실수한 게 있나? 하고 자동으로 생각하게 되었다. 그래서 직장 상사의 마음을 빠르게 알아차렸고, 덕분에 상사에게 신뢰를 얻었다. 이 훈련을 가까운 사이에도 적용했다. 가족이나 친구, 연인과 문제가 생기면 '저 사람은 왜 그런 말과 행동을 하게 되었을까?'라는 질문을 던졌다. 상대를 이해해 보려 노력했다. 그 노력이 늘 성공하지는 않았지만 신기하게도 상대의 마음이 이해되면 쌓였던 감정이 풀리는 경험을 많이 했다. 공감에는 특별한 힘이 있는 게 확실하다.

공감 능력이 부족하다면 취미로 연극을 해 보길 추천한다. 전문적으로 연기할 게 아니라면 연기는 공감 능력이 발달된 사람보다 부족한 사람에게 도움이 된다. 상대의 입장에서 생각해 보는 훈련을 할 수 있다. 타인을 이해하는 힘이 생긴다. 나도 연극을 한 덕분에 공감하는 법을 배울 수 있었다. 대배우가 될 거라는 큰 꿈을 안고 10년간 극단 생활을 했다. 그 끝은 결국 포기였지만, 그래도 그 10년의 세월 덕분에 상대방을 더 잘 이해하게 되었다. 뿐만 아니다. 표현력도 늘었고 발음, 전달력도 좋아졌다. 그때 쌓은 기술이 지금 강연을 하는데 엄청난 도움이 되고 있다. 그래서 후회는 없다. 연극, 시도해 보길 잘했다!

07

공감에도 노력이 필요해

공감이란 무엇일까? 이해하는 것? 감정을 함께 느끼는 것? 배려하는 것? 공감 共感 의 사전적 정의는 남의 감정, 의견, 주장 따위에 대하여 자기도 그렇다고 느낌. 또는 그렇게 느끼는 기분 이라고 한다. 하지만 우리가 평소에 사용하는 공감이라는 말에 는 더 깊은 의미가 내포되어 있다. 인간은 왜 공감하게 되었을 까. 우리는 왜 공감해야 할까. 공감 능력을 꼭 길러야만 할까. 공 감 능력이 좋으면 뭐가 좋을까.

스탠퍼드 대학교 심리학 교수인 자밀 자키의 〈공감은 지능 이다: 심경 과학이 밝힌 더 나은 삶을 사는 기술〉이라는 책에 서 친절이 인간의 생존 기술이며 인간의 친절함은 공감에서 나 온다고 말한다. 그리고 공감은 타고난 능력이 아니라 훈련으로 키울 수 있다는 내용을 심리학과 신경과학의 최신 연구 바탕으 로 이해하기 쉽게 설명해 주었다. 공감을 세분화하면 정서적 공 감, 인지적 공감, 공감적 배려로 구분할 수 있다.

주말에 집에 혼자 있는데 친구에게서 침울한 목소리로 전화

가 왔다.

'나 오늘 헤어졌다. 한잔하자.'

10년 넘게 연애했는데 헤어졌다니. 걱정되는 마음에 부랴부랴 약속 장소로 나간다. 약속 장소로 나간다. 도착하니 친구는 이미 한잔하고 있었다. 맞춰 보려고 많이 노력했는데 잘 안 됐단다. 결국 헤어지기로 했다고 이야기하며 친구는 눈물을 흘렸다. 그 모습을 보니 마음이 좋지 않았다. 친구가 많이 슬퍼한다는 생각이 들었다.

상대의 눈물을 보고 슬픔을 인지하는 행동이 바로 정서적 공감이다. 심리학 관점에서 정서적 공감은 진화론적 관점에서 오래된 행위다. 그래서 인간뿐만 아니라 대부분의 동물에서도 발견할 수 있다고 한다. 상대가 슬픈 표정을 지으면 슬픔을 감지하고, 웃으면 기쁨을 감지한다.

안주도 먹지 않고 소주만 들이켜는 친구를 보며 이런 생각을 한다.
'이 친구… 연애를 10년이나 했는데 얼마나 상실감이 클까?'
'전 연인을 아직도 사랑하는 걸까?'
'이제 어떻게 살아가려 할까?'

이렇게 상대의 행동과 상황을 분석해서 감정을 추측하고 고려하려는 노력을 인지적 공감이라고 한다. 이것은 정서적 공감보다 정교해서 보통 동물에게는 없고 인간에게 보이는 현상이다.

그렇게 한참 술을 마시는 친구를 바라보다가 도저히 안 되겠어서 위로해 주기 시작했다.

'괜찮아질 거야. 당분간은 힘들겠지만 힘들어서 전 연인에게 연락하고 싶을 때는 나한테 연락해. 만약 조금 괜찮아지면 내가 소개팅 자리 알아봐 줄게.'

친구의 슬픔을 풀어 주기 위해 방법을 생각하고, 실행에 옮기려는 건 공감적 배려라고 한다. 불교에서 말하는 '연민', 상대를 고통에서 해방시켜 주고자 하는 '자비'와 비슷한 개념이다. 나도 실연을 해 봐서 친구의 마음을 잘 안다면 정서적 공감이 가능하다. 하지만 내가 경험해 보지 못한 감정에 공감하려면 정서적 공감만으론 부족하다고 한다. 이때 필요한 게 인지적 공감이다. 내가 연애를 해 본 적이 없어서 실연의 슬픔이 얼마나 힘든지 공감하기 어렵다면 상대의 태도와 상황을 관찰, 분석해 이해하려 노력하는 작업이다. 인지적 공감과 공감적 배려는 진화론적으로 오래되지 않아서 우리에게 자동 탑재가 되어 있지 않다. 어릴 때 부모님의 교육을 통해 그 능력을 키우는 게 일반적이다. 만약 이전에 공감 능력을 키우지 못했더라도 어른이 되어 훈련을 통해 기를 수 있다고 이 책은 말한다. 배우를 하며 내가 맡았던 역할은 모두 연극 속 인물이다. 연극의 특성상 작품 속 인물은 실제 나보다 훨씬 극단적인 상황을 많이 겪는다. 정서적 공감 능력만으로 그 인물을 이해하기 힘든 게 당연했다. 인지적 공감과 공감적 배려 훈련을 통해서 인물의 감정을 이해하려는 노력.
이 훈련이 나의 공감 능력을 키워 주었다.

08

상대를 이해하는 법, 그럴 수도 있지

'입장 바꿔 생각해 봐!' 말다툼할 때 필수로 등장하는 멘트다. 감정이 올라온 순간 서로는 서로를 이해하지 못한다. 이해하기 싫어진다. 내 기준에서 생각하고 판단하기 때문에 상대가 틀렸다고 굳게 믿는다. 앞서 말했듯 나는 연극을 하기 전까지 상대의 입장을 이해한다는 게 무엇인지 잘 몰랐다. 더 솔직하게 말하면 '왜 나를 이해 못 하지?'라는 생각만 했고 상대방에게 내 입장을 이해시키기 급급했다. 그런데 이런 행위는 같은 말만 되풀이하는 무의미한 짓이었다.

A가 문이라는 글자 앞에 서 있었다. 그런데 반대편에 B가 오더니 갑자기 문이 아니라 곰이라고 한다. '내가 보기엔 누가 봐도

문인데 곰이라니?' A는 이해할 수가 없었다. A는 다시 문이라고 말한다. 그런데 B는 아무리 봐도 곰이라고 한다. 슬슬 짜증이 올라온다. '이게 어떻게 곰이야? 쟤 눈이 어떻게 된 거 아니야?' A 입장에서 저건 절대로 곰이 될 수 없기 때문이다. 점점 한글도 모르냐는 식으로 상대를 깎아내리는 말이 나오기 시작한다. 그 말에 마음이 상한 B는 인신공격으로 되받아친다. 눈이 작아서 잘 안 보이는 거냐, 눈 좀 똑바로 뜨라고 말한다. 이미 둘은 감정이 상할 대로 상했다. 결국 A는 울기 시작했다. 억울하다. A는 문이라서 문이라고 했다. 그런데 왜 이런 상황이 벌어졌는지 도저히 알 길이 없어서 속상했다. A가 우는 모습을 본 B는 A와의 관계를 끝내고 싶진 않은 모양이다. 속마음은 곰이라고 생각해도 A에게는 문으로 읽으려 노력해 본다고 말한다. 미안하다는 말도 한다. A는 그 말에 더더욱 화가 난다. 문으로 보이지도 않으면서 왜 문으로 읽으려고 노력하냐고 따져 물으니, B는 왜 사과해도 난리냐, 곰으로 보이지만 문으로 읽겠다고 하잖아!라고 소리친다. 그 공간은 순식간에 어두운 공기로 가득 찬다.

　왜 이렇게 파국으로 가게 되었을까? 사실 B는 곰이라고 보이는 걸 굳이 상대 눈치 보며 문이라고 읽어 줄 필요가 없다. 서로의 자리에서는 그렇게 보일 수 있겠다는 것만 이해하면 끝나는 싸움이다. 자리를 바꿔서 글자를 보는 순간 알게 된다. 왜 상대가 그렇게 읽게 되었는지. 그렇다면 굳이 상대에게 내 입장을 강요할 필요도 없다. 또 '내가 보이는 대로 읽어!'라고 강요하지 않아도 된다. 아, 너의 자리에서는 곰으로 보이는구나. 자연스럽게 알게 된다.

물론 이렇게 생각하는 게 쉽지 않다는 걸 안다. 그럼에도 상대의 입장에서 이해하고자 노력해야 하는 이유는 나에게 좋기 때문이다. 나의 마음에 평화가 오면 나에게 좋다. 내 마음이 여유로워지면 타인에게도 여유롭게 대할 수 있다. 그러면 관계도 좋아진다. 멀리 본다면 더욱 지혜롭고 현명한 태도다. 이 글을 쓴다고 해서 내가 예수나 석가모니처럼 만인을 포용력 있게 대하는 능력이 있다는 건 아니다. 하지만 그렇게 하려고 노력한다. 한 번 더 고려해 본다. '왜 저래?', '도대체 이해가 안 되네?' 이런 생각보다는 '그럴 만한 이유가 있겠지.', '아 그럴 수도 있겠다…' 라고 생각한다. 상대에게 인지적 공감을 하기 위해 노력하는 말이기도 하다. 상대가 틀린 게 아니라 다르다는 걸 받아들이는 행동은 상대를 존중한다는 표현이기도 하다.

〈여우와 두루미〉라는 이솝 우화는 존중과 배려를 이해하는 데 정말 유익한 동화이다.

여우와 두루미는 각자를 집에 초대했다. 여우는 납작한 접시에 평소 자신이 좋아하던 음식을 담아냈다. 두루미가 좋아하기를 바라며. 두루미도 자신이 자주 즐기던 음식을 좁고 긴 항아리에 냈다. 여우가 기뻐하기를 바라며. 하지만 두루미는 납작한 접시를 불편하게 여겼다. 마찬가지로 여우도 좁고 긴 항아리를 사용하지 못했다. 결국 둘은 초대된 식사 자리에서 기분만 상했다.

여우와 두루미는 서로를 위하는 마음에 '내가 좋아하는' 음식을 '내가 먹던 스타일대로' 대접한다. 여기서 여우와 두루미는 상대를 '위하는' 마음으로 저녁 식사를 차렸다. 하지만 대접받는 사람은 상대가 나를 위한다는 생각을 받지 못한다. 이렇게 식사 대접을 해 놓고는 서로는 서로를 위했다고 생각하며 상대가 감동하기를 원한다.

내 주변에 이런 친구가 있다. 그 친구는 연애할 때 상대에게 이벤트 해 주는 걸 좋아했다. 발렌타인데이에는 초콜릿을 녹여서 직접 만들었고, 빼빼로데이에는 빼빼로를 만들었다. 생일에는 가관이다. 상다리가 부러지게 상을 차리고, 케이크를 만들고, 편지지를 직접 만들어서 2~3장 쓰고 난리가 난다. 친구는 이게 상대를 위한 이벤트라 생각했다. 그래서 감동하고 고마워할 줄 알았다. 그런데 연인이 부담스러워했다고 한다. 친구의 연인은 기념일을 잘 챙기는 사람이 아닌데 너무 과하게 챙겨 주면 자신도 그렇게 해야 한다는 생각이 들어서 부담된다고 했단다. 그래서 친구는 많이 속상해하며 나에게 서러움을 토로했다. 그 이야기를 들은 나는 '왜 고마워하지 않지? 이걸 못 받는 사람은 사랑을 받을 자격이 없어.' 라며 연인의 행동을 탓했다. 시간이 지나고 돌이켜 보니 친구의 행동은 여우와 두루미 같다는 생각을 한다. 배려와 존중은 상대의 마음을 헤아려서 상대가 원하는 걸 해 주는 일이다. 그런데 기념일의 본인 로망 실현을 위해 자신이 해 주고 싶은 것만 잔뜩 해 줬다. 게다가 감동을 표현해 주기까지 바랐다. 여기서 상대는 배려와 존중을 느끼지 못했을지도 모른다.

반대의 경우도 있었다. 또 다른 내 친구는 비싼 선물을 원한 적이 없는데 연인이 자꾸 비싼 선물을 준다고 했다. 또 데이트를 할 때면 고급 식당에 가긴 하지만 식당을 선택할 때 내 친구의 의사는 묻지 않고 본인이 가고 싶은 곳으로 간다고 했다. 친구 이야기를 듣고 처음엔 자랑인가 싶었지만 잘 생각해 보니 친구의 불만이 이해가 되었다. 그 친구가 원하는 건 자신과 함께하는 시간이었는데 상대는 바빴다. 연락도 잘 안 되고, 만날 시간도 없었다. 그때 느꼈단다. 비싼 선물을 받고 좋은 음식을 먹고 좋은 차를 타며 보내는 데이트가 기쁘지 않을 수도 있다고. 내 친구의 남자친구는 자신의 로망에 상대를 끼워 맞추는 행위를 하고 있던 것이다. 주고 싶은 것만 주고, 상대가 기뻐해 주길 바란 것이다. 정작 내 친구는 함께 할 시간이 필요했는데 말이다. 자주 연락하고 관심을 주고 조금 더 함께 시간을 보낼 노력은 하지 않았다. 그랬기에 비싼 선물이 하나도 기쁘지 않았던 것이다. 상대를 배려하는 선물은 평소에 관심을 갖고 지켜봐야 고를 수 있다. 어떤 취미가 있는지, 얼마 정도 되는 걸 사 줘야 부담을 느끼지 않을지, 어떤 걸 할 때 기뻐하는지 등을 관찰해야 선물을 고를 수 있다. 무조건 좋고 비싼 식당에 데려간다고 마냥 고마워해야 할까? 돈을 좀 써 줬다고 사랑받는다고 느껴야 할까? 상대가 고마워하려면 상대의 입맛을 관심 있게 지켜보고 평소 가는 식당, 알레르기 여부 등을 확인하는 과정이 있어야 한다.

식사 대접하는 것은 참 쉽다. 그런데 '잘' 대접하는 건 어렵다. 상대를 배려하여 저녁 대접을 한다는 건 은근 까다로운 일이다. 취향을 파악하고 습관을 예민하게 관찰해야 하기 때문이다. 내 행동을 예민하게 관찰하기 시작하니 많은 부분에서 자기중심적으로 생각했다는 걸 깨달았다. 많이 부끄러웠고 개선하고 싶었다. 나의 이런 모습을 알아차리게 해 준 것이 바로 연극이었고, 독서였고, 일기였다.

공감 능력을 키울 수 있다는 걸 알게 되고 약 5년이 흘렀다. 그 이후로 가까운 사람들에게 완전히 다른 사람이 되었다는 이야기를 들을 정도로 변했다. 공감 능력이란 훈련으로 키울 수 있는 게 확실하다는 증거다.

09

마음은 넓게 이해는 여유롭게

1 당신은 결혼했다. 배우자를 사랑한다. 그런데 배우자가 병에 걸렸다. 그것도 죽을병에. 수소문해 보니 그 병을 낫게 하는 약이 있다고 한다. 그래서 그 약을 개발한 약사를 찾아간다. 약사에게 그 약을 살 수 있냐고 물어보니 1억 원이란다. 하지만 당신에겐 전 재산이 5천만 원밖에 없다. 약사에게 사실을 말하며 간청한다. 내 배우자가 죽어 가고 있으니 제발 반값에 팔아 달라고. 약사는 거절한다. 그럼 절반의 가격을 선지불 후 남은 5천만 원은 나중에 꼭 갚겠다고 한다. 약사는 그것도 거절한다. 5천만 원을 더 모으려면 1년이 넘게 걸릴 것이다. 내 배우자는 당장 약을 먹지 않으면 죽을지도 모른다. 고민하는 사이 약사가 잠깐 자리를 비웠다. 이때 당신의 선택은?

a. 배우자를 살리기 위해 약을 훔친다.

b. 그래도 훔치는 건 안 된다.

2 당신은 약사다. 불치병을 고칠 수 있는 약을 개발하는 데에

엄청난 시간과 돈을 투자했다. 이 약을 5천만 원에 주고 팔면 엄청난 손해이다. 이때 당신의 선택은?

  a. 5천만 원에 약을 판다.

  b. 절대 손해 보는 판매는 하지 않는다.

  ③ 당신은 죽을병에 걸렸다. 당신의 배우자가 당신을 살릴 방법을 찾기 위해 고군분투하는 걸 그저 바라볼 수밖에 없는 상황이다. 그런데 그 배우자가 당신을 살리기 위해 약을 훔치겠다고 한다. 이때 당신의 선택은?

  a. 일단 살아야 하니 약을 훔치라고 한다.

  b. 배우자를 범죄자로 만들 수는 없다. 훔치지 말라고 한다.

이 세 가지 케이스에 각각 답을 해 보자. 그런데 당신이 고른 답을 다른 사람도 똑같이 골랐을까? 그렇지 않을 확률이 높다. a를 고른 사람도, b를 고른 사람도 있을 것이다. 그리고 그 선택에는 각자 생각하는 도덕적 가치 판단 기준이 적용되었을 테다. 그렇다면 당신과 다른 선택을 한 사람은 틀린 걸까?

인생에서 해야 하는 선택은 짬뽕, 짜장면을 선택하는 일처럼 간단한 게 아니다. 사실 짬뽕, 짜장면 중에 선택하기도 어렵다. 그래도 짬짜면이라는 게 있으니 다행이다. 하지만 인생에 짬짜면은 없다. 약을 훔치지 않으면서 배우자를 살릴 수 없고, 손해를 보지 않으면서 도울 수 없다. 배우자를 범법자로 만들지 않으면서 내가 살 수도 없다. 그래서 삶 속에서의 선택은 더욱더 어렵게만 느껴지는 것이다.

앞의 이야기는 발달심리학자 로런스 콜버그 L.Kohlberg 가 인간 도덕성의 발달 단계를 제시하기 위해 논문에 사용한 가설적인 딜레마, 일명 하인츠 딜레마이다. 내가 이 딜레마를 가지고 온 것은 개개인의 도덕적 가치 판단 기준의 스펙트럼에 대해서 생각해 보기 위함이다.

우리는 자신만의 도덕적 가치 판단 기준을 가지고 옳고 그름을 판단한다. 내 가치 판단 기준에 맞는 선택을 하면 도덕적이고, 옳다 하며 반대라면 비도덕적이고, 틀렸다 생각한다. 그렇다면 내가 a를 선택했다고 b를 선택한 사람은 틀린 것일까? 잘못된 선택을 한 걸까? 세상에는 자신만의 기준이 확고한 사람들이 있다. 'a는 옳고 b는 틀렸어.' 이런 옳고 그름의 기준이 확실한 사람을 보면 강단 있고 멋있어 보인다. 그래서 이렇게 결심한다. '나도 내 의견을 확실히 말해야지!' 하지만 그건 껍데기만 확인한 것이다. 우리는 한 꺼풀 더 깊이 들여다보아야 한다. 그렇지 않으면 늘 불만이 따라붙는 삶을 살게 될지도 모른다. 세상에 답이 있듯 말하지만 그게 답이라는 확신을 할 수는 없다. 천문학자 갈릴레오 갈릴레이는 지구가 중심이고, 하늘이 지구를 돌고 있다고 믿고 있던 세상에 지동설을 주장했다. 그리고 그 시대에 사람들은 그 주장을 틀린 것으로 간주하였다. 현재는 사람을 죽이는 행위를 절대 해서는 안 된다. 하지만 전쟁의 시대에서는 적을 더 많이 죽이는 사람이 영웅이 된다. 그때는 맞고 지금은 틀리다. 선과 악, 정답과 오답. 이렇게 이분법적으로 도덕을 판단하기는 어렵다.

요즘 유행하는 깻잎 논쟁도 비슷한 개념이다. 내 연인이 내 친구가 먹을 깻잎 떼는 걸 도와줘도 되느냐, 안 되느냐 그것이 문제다. 떼어 주는 게 아무렇지 않을 수도 있다. 혹은 불편하지만 괜찮은 척 할 수도 있고, 절대 안 된다고 생각할 수도 있다. 여기서 절대 안 된다는 생각에 집중해 보자. '절대'라는 말은 무섭다. 세상이 자신의 도덕적 판단 기준으로만 움직여야 하고, 거기서 어긋나면 그르고 부도덕한 사람이 된다. 나도 '절대'하지 않으니 너도 '절대'하지 말라는 거나 다름없다. 만약 깻잎을 떼 주는 게 '절대' 안 되는 사람이라면 본인과 가치관이 맞는 사람을 만나면 된다. 그런 사람을 만나면 의견 충돌이 없을 테니까. 그런데 그 '절대'라는 말이 붙는 기준이 과연 깻잎 논쟁에만 적용되는 걸까? 담배 피우는 건 '절대' 안 돼. 4시간 이상 카톡에 답하지 않는 건 '절대' 안 돼. 양말을 뒤집어 벗는 건 '절대' 안 돼.

내 가치관과 100% 맞아떨어지는 사람이 과연 존재할까? 그건 불가능하다. 심지어 내 가치 판단 기준이 좁으면 좁을수록

70~80% 맞는 사람을 만나는 것도 어렵다. 그런데 우린 헛된 희망을 안고 살아간다. 내 마음을 다 이해해 줄 사람, 내 기준에 딱 맞아떨어지는 사람이 나타날 거라고. 내 도덕적 가치 판단의 기준이 좁을수록 상대에게 불만이 생기는 현상은 당연하다. 세상은 내가 생각하는 '절대' 안 되는 걸 하는 사람이 너무 많으니까. 세상에는 내 기준에서 죄인이 너무 많다. 마음이 넓고 여유로운 사람은 '절대 안 돼.'라는 생각을 별로 하지 않는다. 내 가치 판단 기준의 스펙트럼이 좁다면 내 마음을 편하게 해 주는 인간이 세상에 몇 없게 된다. 그런데 그 스펙트럼이 넓다면 만날 수 있는 사람이 많아진다. 만약 '절대 안 돼.'라는 기준이 없어진다면 세상 모든 사람과 친구가 될 수 있을지도 모른다. 마이클 샌델의 〈정의란 무엇인가〉에서도 정의를 정의해 주지 않는다. 오히려 정의의 본질은 존재하지 않기 때문에 토론을 통해 합의를 이뤄내야 한다고 했다. 헤겔은 선과 악 사이의 갈등이 아니라 선과 또 다른 선의 갈등이라고 봤다. 절대적 정의라는 건 애초에 존재하지 않을지도 모른다.

여기까지 읽으면 이런 생각이 들 수 있다. 그럼 상대가 하는 행동을 다 받아 줘야 하는 건가? 상대의 행동이 잘못되었을 때 비난하지 말라는 건가? 앞서 한 이야기는 당신의 마음을 불편하게 하려는 의도가 아니다. 오히려 마음이 정말 편해지는 마법 같은 역할을 해 줄 테니까.

1 세상이나 타인은 내 도덕적 판단 기준대로 움직이지 않는다.

2 내 판단 기준으로 내린 결정만이 유일한 선善이거나 답이 아니다.

3 사랑하는 사람과 세상이 내 뜻대로 움직이지 않아도 불만이 없다. '아 그럴 수도 있겠다.' 싶다.

4 각각 판단 기준이 다르기에 모두가 나를 인정하고 좋아할 수 없다는 걸 알게 된다.

마음이 편해진다는 건 여유가 생긴다는 뜻이다. 더 이상 내 가치만이 정답이라고 생각하지 않으면 세상은 조금 더 살 만해진다.

10

나의 생각을 알아차리기

연극을 했던 경험은 나에게 표현력, 전달력, 공감 능력 등 많은 스킬을 길러 주었다. 하지만 연기는 나의 길이 아님을 받아들이고, 결국 극단을 나왔다. 평생 할 줄 알았던 연기를 그만두니 공허함이 밀려왔다. 20대부터 30대 초반까지의 시간 전부를 배우가 되기 위해 보냈는데 극단을 나오고 나니 남은 건 직장 하나뿐이었다. 물론 그 직장도 너무 좋은 곳이다. 하지만 내가 원했던 모습이 전혀 아니었다. 나는 안정적이고 워라밸 좋은 직장을 다니는 회사원을 꿈꾸지 않았다. 나는 나의 메시지를 연기로, 글로 표현하는 사람이 되고 싶었다. 서울에 온 이유도 그 때문이었다. 그래서 퇴근 후 저녁 6시부터 밤 11시까지 평일 내내 연습실로 나갔다. 개인적인 시간을 많이 보내지도 않았다. 내 삶은 '회사 - 극단 - 집 - 회사 - 극단 - 집' 반복이었다. 그런데 지난 10년 동안 열정을 쏟아부었던 자리가 텅 비어 버린 것이다. 처음부터 다시 시작해야 하는 기분이었다. 나에 대해서 진지하게 생각해 보는 시간이 생겼다. 나는 무엇을 하고 싶은가. 이제 어떤 삶을 살아가야 할까.

돌이켜 보니 나는 어떤 분야에서도 전문가는 아닌 듯했다. 그래서 자격증을 따자는 생각이 들었다. 딱히 운동을 좋아하는 성향은 아니었다. 그럼에도 꾸준히 해 오던 운동이 있다면 바로 요가와 등산이다. 그럼 그쪽으로 자격증 준비를 해 보자 싶어 인터넷 검색 후 학원을 등록했다. 투멤녀를 신청했듯, 유튜브를 시작했듯 별 고민 없이 하니 등록하는 건 일도 아니었다.

초등학생 때 유연성 테스트를 하면 반에서 거의 꼴찌였다. 그 정도로 유연성이 부족했다. 없었다고 해도 무방할 정도였다. 그런데 무슨 생각으로 요가 지도자 자격증을 등록했을까 싶다. 지금 생각하면 내 결정이 의아했지만 그 덕에 내면에 집중하고 알아차리는 법을 배웠다.

내가 요가를 하는 이유는 몸매 관리도 있지만 그보다 요가 자체에 재미를 느꼈기 때문이다. 요가 자세를 취하면 내 호흡이 그대로 느껴진다. 호흡이 가슴까지 퍼질 때가 있고, 복부 깊은 곳까지 퍼질 때도 있다. 그리고 어떤 날에는 근육이 더 잘 늘어나고, 어떤 날은 더 뻣뻣해짐을 느낀다. 내 몸에 몰입해서 변화를 예민하게 느끼는 행위가 재미로 다가왔다. 또 즐거운 점은 절대 안 될 것 같던 자세가 반복을 거듭해 어느 순간 가능해질 때다. 이렇게 신비할 수가 없다. 요가 지도자 과정을 준비하며 정말 많이 건강해졌다. 몸 건강도 좋아졌지만 무엇보다 마음의 건

강이 뚜렷하게 다가왔다. 덕분에 연극에 대한 상실감을 잘 이겨 낼 수 있었다. 호흡이 깊어지고 코어도 조금 더 단단해졌다. 그렇게 3개월 과정을 수료하고 드디어 자격증을 따게 되었다. 인생 첫 자격증이었다. 당시 떠올랐던 생각은 '이제 요가 강사 해서 돈 벌어야지.'가 아니었다. '마음만 먹으면 다 할 수 있는 거구나!' 라는 자신감이었다.

요가가 명상 방법의 한 종류임을 공부하면서 알게 되었다. 그러다 보니 자연스레 내면 집중에 도움을 주는 요가의 본질인 명상을 체계적으로 배우고 싶어졌다. 명상은 훨씬 전부터 관심이 있었지만 혼자 유튜브로 찾아 독학하는 수준이었다. 우연의 일치로 내가 요가 자격증을 따기 위해 다녔던 학원이 서울 소재 대학에 있는 평생교육원이었다. 여기서는 요가 지도자 과정 뿐만 아니라 명상 지도강사, 색채 심리상담사, 라이프 심리상담사 등 다양한 민간 자격증을 딸 수 있도록 시스템이 잘 갖춰져 있었다. 그래서 명상 지도 강사 자격증을 따기 위해 따로 기관을 알아볼 필요가 없었다. 특히 대학교 자체가 한국 불교 최대 종파인 대한불교조계종이 재단으로 있는 종립대학이라서 스님인 교수님께 직접 수업 받을 기회였다.

명상 지도자 과정 수업은 책을 읽고 연기하는 것보다 훨씬 큰 내면의 성장을 안겨 주었다.

우선 명상에 적합한 자세인 가부좌를 틀어 앉는다. 꼬리뼈를 안으로 말면 단전에 힘이 살짝 들어간다. 어깨를 앞으로 5번, 뒤로 5번 돌려 준다. 그러면 어깨에 힘이 좀 빠진다. 턱은 안으로 살짝 당긴다. 위에서 누가 내 정수리를 가볍게 잡아당긴다고 상상하면 쉽게 된다. 그럼 앉은키가 살짝 커진다. 양손을 가볍게 무릎 위에 얹는다. 이때 손바닥은 하늘을 향하게 한다. 원한다면 양손의 중지와 엄지를 붙여 무드라*를 만든다. 숨을 깊게 들이마시고, 내쉰다. 코끝에 공기가 들어오고 나가는 감각에 집중한다. 마시고, 내쉬고… 마시고, 내쉬…

'근데 쉽지 않네?'
'이거 1분도 어려울 거 같은데?'

그새를 못 참고 생각이 끼어든다.

'벌써 허리가 아픈 거 같아.'
'발가락이 좀 눌리나?'
'자세를 고쳐 볼까?'
'그러고 보니 배도 고프네.'
'아침을 안 먹었나?'
'점심은 뭐 먹지?'
'지난번 마라탕 맛있었는데.'

---

* 무드라(수인[手印]): 모든 불·보살의 서원을 나타내는 손의 모양, 또는 수행자가 손이나 손가락으로 맺는 인(印).

신기하게도 이 생각은 의식의 흐름대로 꼬리에 꼬리를 물어 피어오른다. 내버려 두면 무한히 피어오를지도 모르겠다.

처음에는 내가 다른 생각을 한다는 걸 알아차리기 어려웠다. 10분 명상을 하면 10분 내내 다른 생각만 하다가 끝난다. 그러면 이게 뭐지 싶은 거다. 명상은 뭔가 나에게 도움 되지 않는 기분이 들기도 한다.

이번에는 꼭 끝까지 집중해서 생각하지 않고, 코끝에 집중해 봐야지! 라는 다짐을 하며 다시 명상 자세를 취한다.

마시고, 내쉬고… 마시고, 내쉬고… 마시고, 내쉬…

'우와, 나 세 번이나 집중했네?'
'이렇게 하는 게 맞는 건가?'
'끝나고 스님께 여쭤봐야지.'
'여쭤봐도 되나?'

생각이라는 친구가 일단 들어오면 뭉게뭉게 올라오는 걸 주체할 수가 없다. 너도나도 기다렸다는 듯 머리를 들이미니까.

'어? 그러고 보니 나 또 다른 생각 했네.'
'다시 호흡에 집중해야지.'

또 다른 생각을 했다는 걸 깨닫고 다시 호흡에 집중한다. 이 순간은 엄청난 발전이다. 우리는 평소에 생각하는 나를 알아차리지 못한다. 생각하는 나를 나라고, 그 생각이 곧 나라고 여기며 살고 있다. 하지만 생각하는 나를 인지하는 순간 많은 게 달라진다. 의지와 상관없이 떠오르는 생각을 알아차리면 곧 그 생각을 하지 않는 결정도 할 수 있다.

생각은 그냥 마구 피어오른다. 우리는 이 생각을 인지하지 못한다. 그럴 때는 생각이 나의 주인이 된다. 피어오르는 연기처럼 그저 의식의 흐름대로 살게 된다. 하지만 생각하고 있는 자신을 발견하는 순간, 삶을 주체적으로 살아갈 가능성이 펼쳐진다.

우리는 여기저기서 다양한 말을 듣는다. 부모님에게 제일 많이 듣고, 그다음은 미디어에서 많이 듣는다. 그 말들은 우리의 무의식에 자리 잡아 몽글몽글 피어오르는 생각에 큰 지분을 갖는다.

누군가 모험을 해 보겠다고 하면 주변 반응은 보통 좋지 않다. 온갖 위험한 사건을 이야기하며 겁을 주기 바쁘다. 성공이 어려운 만 가지 이유를 알려 주며 말리기도 한다. 그런 부정적이고 비관적인 말들이 뇌리에 꽂혀서 모험은 위험하다고 믿게 만든다. 주변의 말뿐만이 아니다. 언론은 부정적인 이슈를 다룬다. 가슴 따뜻해지는 선한 사람들의 소소한 소식은 거의 전해 주지 않는다. 사기당한 사람, 범죄를 일으킨 사람, 불우한 사람, 전쟁, 자연재해, 경제 불황 등. 뉴스에서 다루는 부정적인 이슈를 지혜롭게 소화하지 못한다면 그 감정은 오롯이 내 무의식에 자리 잡아 생각을 지배한다. 하지만 우리는 이 사실을 알아차리지 못한다.

어릴 적 부모로부터 부정적인 말을 많이 듣고 자란 아이는 부정적인 생각을 하게 될 확률이 높다. 그런데 그건 아이가 부정적인 아이이기 때문일까? 아니다. 태어나서 들은 말이 대부분 부정적인 언어이기에 그런 생각이 무의식적으로 피어오르게 된 것이다.

명상은 내 무의식에 장착된 관념, 생각, 신념을 관찰할 기회를 제공한다. 자동으로 떠오르는 생각을 알아차리고 지켜보는 것이다. '생각하는 것'과 '생각을 알아차리며 지켜보는 것'에는 엄청난 차이가 있다. 피어오르는 생각을 지켜보고 알아차리는 일은 마치 무의식을 탐험하는 일과도 같다. 내가 인지하지 못하고 있던 내 무의식 세계를 인지할 수 있게 된다. 여기서부터 시작이다. 내 무의식에 있는 생각이 부정적이고 비관적이라는 걸 알아차리면 변화의 의지가 생긴다. 무의식에 있는 대부분은 긍정적, 낙관적으로 바꿀 수 있다. 또 내가 요즘 집착하고 있는 생각이 있다면 알아차려 내려놓는 연습도 가능하다.

우리는 어떤 대상에 대해 끊임없이 주관적인 판단으로 평가한다. 명상은 어떤 대상을 있는 그대로 바라보는 연습이다. 거기에는 나 자신도 포함된다.

끊임없이 계속 생각하는 나를 바라보며 '아 멍청이, 왜 생각을 못 멈춰?', '난 집중력이 약한가 봐.' 같은 생각을 멈춰 보자.

대신 '아, 내가 생각을 끊임없이 하고 있구나!'라고 알아차려 보자. 그저 알아차리기만 하고 판단하지 않아야 한다. 판단 대상을 '나'로 훈련하다 보면 타인의 말과 행동, 생각도 판단하거나 평가하지 않게 된다. '아, 저 사람은 저렇게 생각하는구나.'라고 생각하며 흘려보낼 수가 있다.

11

때로는 흘려보내도 좋을 감정

　나는 네 자매 중에 둘째이다. 자매가 있는 사람들 다 그렇
듯 나도 자매와 종종 투닥거렸다. 셋째인 동생은 나와 2살 터울
이다. 개월 수로 치면 16개월밖에 차이 나지 않는다. 그래서 그
런지 유독 셋째인 동생과 자주 부딪쳤다. 어릴 적 내 동생은 나
에게 귀찮은 존재였다. 친구들과 놀러 가려고 하면 뒤따라왔다.
같이 가면 됐을 텐데, 어린 마음에 어떻게든 떼어 놓고 나가려고
했다. 따라오지 말라고 고함을 빽 지르면 동생은 기어이 몰래 숨
어서 따라왔다. 또 말대꾸는 왜 그렇게 잘하는지, 동생은 한마
디를 지지 않고 모든 말에 반박했다. 결국 감정이 격해져서 동생
을 꼬집거나 할퀴었고 그러면 동생은 나를 똑같이 꼬집고 할퀴
었다. 둘이 심하게 싸운 날, 결국 엄마에게 진탕 혼이 났다. 야밤
에 내복만 입고 대문 밖으로 쫓겨나 무릎 꿇고 손드는 벌을 받
았다. 우리는 그 벌을 받을 때조차 싸웠다. (동생과 나는 서로
사투리를 쓴다.)

"니 때문이다 아니가."

"언니 때문이다!"

"뭐? 니가 먼저 그랬다 아니가!"

"아니거든, 언니가 먼저 그랬거든!"

그러고 있으면 우리 네 자매의 수장인 큰 언니가 나와서 중재했다. 어서 들어가서 엄마한테 다시는 안 그러겠다 말하라고 한다. 하지만 그건 우리 자존심이 절대 허락하지 않았다. 우리가 그럴 수 없다고 하면 언니는 엄마한테 '애들이 이제 안 그런대요, 엄마.'라며 대신 말해 줬다. 이후 엄마의 들어오라는 소리가 들려온다. 그런 소소한 싸움이 쌓여 나와 동생 사이에는 애증 관계가 형성되었다.

시간이 지나 내가 상경할 때, 동생도 대학 진학을 이유로 함께 올라오게 되었다. 그렇지 않아도 서로 애증을 가지고 있는데 단둘이서 함께 살았으니 말 다했다. 서울에 와서 더 많이 싸웠고, 더 많은 애증이 쌓였다. 서울에서 약 10년을 같이 살았더니 쌓일 대로 쌓여 더는 함께하기 힘든 지경까지 와 버렸다. 결국 우리는 따로 살기로 했다. 더 정확하게 말하면 내가 일방적으로 결정했다. 함께 살면 사이가 더 나빠질 것 같았기 때문이다.

하지만 어떤 자매가 서로 미워하며 살고 싶겠는가. 명상을 본격적으로 배운 후로 알아차림을 생활에 적용했고, 가장 가까운 사이에 가장 깊은 골이 있다는 것을 알아차렸다. 동생의 한마디 한마디에 불만스러운 생각을 하고 좋지 않게 평가하고 있었다는 것을 알게 되었다. 예를 들자면 이런 식이다.

서로 저녁 메뉴를 고르는 상황, 뭐 먹을지 물어봤더니 아무거나 먹는다고 한다. 하지만 나는 결국 본인이 먹고 싶은 게 정해져 있다는 걸 안다. 그래서 아무거나라는 말을 듣자마자 짜증이 난다. 바로 이런 말이 나간다.

"니 그래 놓고 니가 묵고 싶은 거 묵을 끼다 아니가!"

내가 이렇게 쏘아붙이니 동생도 어이가 없을 것이다.

"아, 왜 승질인데!"

이렇게 싸움이 시작된다. 뿐만 아니라 옷을 고를 때도 동생은 나에게 미리 이런 말을 던진다. "내 옷 입지마." 나는 동생 옷을 입을 생각도 없었는데 그런 말을 들으니 또 짜증이 난다. "입을 생각도 없었거든요?" 이런 식으로 대화가 흘러간다.

생각을 관찰해 보니, 나는 동생의 말 대부분에 짜증이 일어난다는 걸 알아차렸다. 그래서 짜증이 나면 동생한테 그 감정을 표현하는 게 아니라 '아, 내가 또 짜증이 나고 있구나.' 눈치채려 노력했다. 노력했지만 약 30년을 해 온 대화 방식이다 보니 습관처럼 반응할 때가 훨씬 많았다. 생각처럼 쉬운 게 아니었다. 그런 와중에 우리의 관계가 확 풀리게 된 계기가 생겼다.

그날은 동생의 제안으로 함께 놀러 간 날이었는데, 어떤 일로 인해 내가 죽을 뻔했다. 위험에 처했다가 겨우 살았다. 구사 일생으로 살아 돌아온 날, 동생과 나는 서로의 소중함을 깨달았다. 살아있는 것만으로도 감사한 것이라고 느꼈다. 나는 위험에 처한 게 동생이 아닌 나라서 다행이라 생각했고, 동생은 언니가 죽었다면 본인 인생도 끝났을 거라 했다.

그 뒤로는 알아차리는 게 더 수월했다. 짜증이 올라오는 걸 인지하면 혼자 심호흡 세 번 정도 한 후 그 짜증을 흘려보낸다. 그렇게 우리는 30년 이상 쌓였던 애증을 조금씩 풀어 가고 있었다.

생각의 습관이 굳어지면 그만큼 바꾸는 게 어렵다는 걸 안다. 하지만 바꿀 수 있다는 것도 내 경험으로 알았다. 30년이면 오래 산 부부와도 같다. 동생과 나는 늘 함께 살았으니 그렇게 볼 수 있다. 맨 처음에는 동생이 나를 화나게 하는 존재라고 생각했지만 오히려 내가 동생의 말에 화를 내고 있었다. 그걸 알아차린 순간 우리 관계에는 변화가 시작되었다. 이렇게 오래 묵은 애증의 관계도 풀렸으니, 대부분의 관계도 잘 풀어갈 수 있을 듯했다. 아니, 애초에 그런 애증의 마음을 쌓지 않을 수 있다. 상대가 내가 원하는 말을 하지 않을 때, 내 기분을 건드리는 말을 했을 때, 그저 알아차리면 된다. 알아차리고 그 불편한 감정을 흘려보내면 된다. 그러면 미움이 쌓이지 않는다.

명상은 나를 탐구하는 시간이다. 내 머릿속에 어떤 생각이 가득 차 있는지 알 수 있다. 내가 무엇 때문에 스트레스 받고 있는지를 알아차린다. 그 생각에 빠져들지 않고 제삼자의 입장에서 생각하는 나를 지켜본다. '변진서는 지금 이런 상태구나.' 나를 이해하게 되니까. 나를 연민하고 가여워하고 고마워한다. 그렇게 나와 더 친해지고 더 아끼고 존중하게 된다. 자아 존중감이 생기면 삶이 전반적으로 달라진다. 쓸모없는 일에 신경 쓰지 않고, 나를 위한 행동을 한다. 이렇게 명상은 나의 내면을 단단하게 해 준 가장 좋은 방법이다.

12

온실에서 탈출할 용기

영화를 많이 보는 편이 아니다. 새로운 영화를 매번 찾아보기보다는 봤던 영화 중에 좋았던 걸 여러 번 돌려 본다. 여러 번본 적이 손에 꼽기는 하지만 유독 많이 돌려 봤던 영화가 하나있다. 바로 짐 캐리 주연의 〈트루먼 쇼 (1998)〉다. 모든 게 다갖춰져 있고 위험이 하나도 없는 세상에 살던 트루먼이 그 세계를 깨고 새로운 세상으로 나아가는 모습을 보여 주는 영화다.트루먼의 그런 모습은 호기심이 가득하고 더 나은 삶으로 나아가고자 하는 인간의 본성이라고 생각한다.

우리는 태어나 부모님의 보호 아래 자란다. 부모님은 우리의큰 울타리이자 보호막이다. 그 세계 안에 있으면 편하다. 밥도 해주고 청소도 해 준다. 취업하기 전까지는 용돈도 주고 취업하고나서는 재정 관리도 해 준다. 대학도 직업도 결혼도 집도 함께골라 준다. 또 재정적인 지원도 해 준다. 그래서 우리는 부모님이원하는 삶을 살고 싶어 한다. 그랬을 때 인정이 따라오고 안정도따라오니까. 편하고 편하고 편하다. 그래서 생각이 도태된다. 자립심이 자라나지 못하기 충분한 환경이다. 어려운 일이 닥치면 엄마가 생각나고 선택이 필요할 때 부모님의 의사가 중요해진다.

내가 상경하기 전까지 온실 안에서 자랐다는 표현을 썼다. 정말 그랬다. 온실 안에 살 때는 그곳이 온실인 줄 몰랐다. 그런데 나와서 살아 보니 그곳은 온실이었다. 사계절 같은 온도, 습도를 잘 유지해 줘서 어려울 게 없는 온실 말이다. 온실 세상 밖에서는 집을 구하는 그 사소한 일조차 무서운 일이 된다. 위험이 도사리고 있다고 느껴진다. '전세 사기당하는 거 아냐?', '집주인이 이상하면 어쩌지?', '앞집 사람이 변태라면?', '집 앞에 CCTV가 있어야 하나?' 이런 걱정을 하기 바쁘다. 냉장고 청소, 음식 보관하는 법, 빨래하는 주기, 공과금 납부, 인터넷 설치. 모든 게 낯설다. 지금 생각하면 너무 기본적인 일인데 말이다.

만약 우리가 우리의 특성을 잘 이해해서 정체성을 찾을 수 있도록 도와주는 부모님을 만났다면 이야기가 달라지겠지만, 현실은 그렇지 않다. 보통의 부모님은 자식을 통해 당신이 못다 한 꿈을 이루려 한다거나 당신이 생각하는 가장 안전한 길을 걷게 한다. 우리 부모님이 내가 극단 하는 걸 반대하셨듯, 세상의 부모님 대부분은 자식이 도전하는 삶을 사는 걸, 불안한 상황에 놓이는 걸 원치 않는다. 당연하다. 하지만 이게 정말 자식을 위한 것일까? 자식을 위한 행동일 수 있지만 한 인간을 위한 행동은 아니다. 한 사람은 그 사람마다 정체성이 있고, 그 정체성을 찾고 그에 맞는 삶을 찾을 권리가 있다. 위험하지 않은 환경, 도전이 없고 경험이 없는 환경에서는 정체성을 찾기 어렵다. 진짜 자신의 삶을 찾고 싶다면 20대가 넘었을 때 부모님으로부터 정서적, 경제적, 정신적 독립을 해야 한다.

영화 〈트루먼 쇼〉에서 트루먼은 크리스토프 감독이 만든 완전한 세상에서 평화롭게 살아간다. 학교도, 직업도, 심지어 결혼할 짝까지 정해져 있다. 모든 사람이 트루먼에게 친절하다. 어려움은 눈을 씻고 봐도 없다. 어느 날 그런 그에게 사랑이 찾아온다. 크리스토프 감독도 예상치 못한 일이었다. 트루먼이 사랑하는 여자, 실비아가 트루먼에게 진실을 말해 준다. 여기 있는 모두가 배우이고 이곳은 꾸며진 세상이라고. 그 메시지를 들은 트루먼은 뭔가 잘못되었음을 깨닫는다. 자신의 삶이 진짜가 아님을 확인당했다. 크리스토프 감독은 자신이 트루먼에게 어릴 적부터 심어 놓은 외부 세상에 대한 두려움으로 절대 그 동네를 떠나지 못할 거라 생각한다. 하지만 트루먼은 자신의 정체성을 찾기 위해 두려움을 이겨 낸다. 그리고 그 세계를 떠난다. 이제 그에겐 진짜 자신의 인생이 시작된다.

얼마나 많은 선택이 나의 진실된 의견이 아닌 부모님에 의해 하게 되었는지 깨닫는다면 분명 놀랄 거다. 부모님은 세상 사람들이 좋다고 하는 걸 자식에게 해 주려 한다. 그래서 부모님 의견은 늘 세상 사람들이 좋다고 하는 부류다. 그러나 그건 나에게 좋지 않을 수도 있다.

　서울로 독립했을 당시, 부모님으로부터 여전히 경제적인 독립을 하지 못한 상태였다. 내가 부모님의 의견에 반하는 결정을 내릴 때마다 부모님은 경제적 지원을 해 주지 않겠다는 반 협박으로 나의 결정을 컨트롤하려고 했다. 그때 나는 느꼈다. '내가 내 의지대로 살기 위해서는 경제적으로도 독립해야겠구나.'라고. 그래서 20대 초반에 경제적으로 완전히 독립했다. 그것은 자유였다. 생계는 조금 더 어려워져서 알바를 늘려야 했지만 자유를 찾았다. 내가 극단과 직장을 병행했던 이유도 경제적 독립을 위해서였다.

　부모님의 의사를 존중하는 것과 마냥 따르는 것은 천지 차이다. 내가 뭘 해야 하는지도 모르는데 부모님 의사를 따르지 않는 건 반항이다. 내가 뭘 해야 하는지 아는데 부모님과 뜻이 달라서 따르지 않는 건 주체적이라 할 수 있다. 하지만 그러려면 부모님께 재정적 지원을 받지 않아야 한다. 아니면 내 결정을 믿고 지원해 달라고 설득하거나 말이다.

　정신적, 정서적 독립도 마찬가지다. 부모님이 가르쳐 주신 좋은 부분은 남겨두되 좋지 않은 가르침은 걸러야 한다. 부모님의 나쁜 습관이 자녀에게 대물림된다는 건 익히 알려져 있다. 아버지의 폭력성이 너무 싫었는데 나도 그렇게 된다든지, 또 부모님 내면의 불안이나 결핍이 그대로 전이된다든지.

경제적으로 독립하고서 나는 자유를 찾았다고 생각했다. 그런데 어려운 상황을 겪을 때마다 내 행동에서 예전 엄마의 모습이 겹쳐 보였다. 엄마는 네 자매를 잘 키운 강한 사람이었지만 불안과 걱정이 굉장히 많았다. 그리고 자녀들을 잘 칭찬하지 않았다. 삐뚤어질까 걱정했기 때문이다. 나는 엄마처럼 불안도가 높았다. 생각이 많고, 걱정을 잘했다. 그건 엄마의 모습이었다. 나는 정서적으로도 독립해야함을 느꼈다.

지금은 엄마의 사랑을 느끼지만 한때는 칭찬에 인색한 엄마가 나라는 존재를 인정하지 않는다고 생각했다. 그래서 인정 욕구에 목말라 있었고, 나는 그걸 알고 있었다. 보이는 데에 신경 쓰고, 평가에 신경 쓰고, 누군가 또 나를 떠날까 봐 두려워했다. 이 모든 행동이 인정받지 못하면 가치 없는 인간이 될 거라는 불안에서 기인했다.

모든 방면에서 부모님으로부터 독립하면 오히려 부모님이 객관적으로 보인다. 너무 가까워서 보이지 않았을 뿐이다. 그분들도 하나의 독립된 인간이며 자식을 위해 열심히 살아온 감사한 존재다. 그리고 내 엄마, 내 아빠가 아니라 나와 같은 '사람'이라는 걸 알게 된다. 엄마는 아빠에게 사랑받고 싶은 한 여자이고, 아빠는 가족들에게 인정과 존중을 받고 싶은 한 남자이다. 독립한다는 건 어쩌면 내 인생을 책임지겠다는 스스로와의 약속이다.

사람들을 보면 어떠한 결핍이 자리 잡고 있는 지 보인다. 누구나 그런 게 있다. 하지만 우리에게 결핍은 애초에 없는 것과 같다. 존재만으로 이미 완전하니까. 바깥에서 채워야 인정받을 수 있는 게 아니다. 명품과 좋은 집, 차가 나를 증명하지 않고 좋은 직장이 나를 증명하지도 않는다. 예쁜 외모가 나의 가치를 높여 주지도 않는다. 당당하고, 자신감 있고, 자존감이 높고, 자아존중감이 있는 사람은 가치가 있다. 그리고 내가 말한 이 모든 조건은 이미 내 안에 있다. 그냥 발견하기만 하면 된다. 이 보물은 타인의 기대, 세상의 기준 뒤에 가려져 있다.

영화 〈트루먼 쇼〉에서 크리스토프 감독이 만든 세계에 살던 트루먼이 진짜 자신의 삶을 찾기 위해 그 문을 나가던 마지막 장면이 인간의 가치를 만든다. 트루먼의 직장이 더 좋아지고, 더 큰 집에 가고, 더 좋은 옷을 입는다고 가치가 생기지는 않았다. 그의 용기가 그를 가치 있게 만들었다.

이제 당신 차례이다. 하고 싶은 대로 용기 내서 도전해 보자.

감정의 주인이 되기

01

마음과 직면한다는 것

    학창 시절 체력장을 하면 앉아서 윗몸을 앞으로 굽히는 유연성 테스트를 했다. 유연성 테스트를 앞두면 친구들과 조금이라도 더 좋은 결과를 내기 위해 갖은 방법을 썼다. 팔을 두드리면 순간적으로 팔이 길어진다 하여 마구 두들겨도 보고, 어떤 지점을 지압하면 유연성이 늘어난다 하여 지압점을 꾹꾹 눌러대기도 했다. 나랑 같이 연습한 친구들은 12cm, 15cm, 심지어 30cm까지 기록한 친구도 있었다. 친구들의 기록을 보며 나는 점점 초조해졌다. 그러면 몸이 긴장해서 열심히 근육을 늘리려 지압점을 누른 노력이 말짱 도루묵이 된다. 나의 기록은 3cm, 잘 나오면 5cm 정도였다. 원래는 손가락이 발끝에 닿지 않지만 순간적으로 허리를 숙이면 그 반동으로 조금은 더 숙여지는 효과 덕분에 마이너스 기록은 면할 수 있었다.

    어른이 되고 몸에 대해 배워 보니 나는 아킬레스건이 아주 짧은 사람이었다. 그래서 쭈그려 앉으면 뒤꿈치가 바닥에 닿지 않았고, 뒤꿈치가 바닥에 닿을라치면 뒤로 발라당 넘어지곤 했다. 이렇게 유연성이 부족했는데 희한하게 운동만 하려고 하면 요가원으로 갔다. 20대 초반부터 그랬다. 보통 운동을 한다면 헬스장을 등록하기 마련인데 나는 왜인지 요가원이 끌렸다. 상체를 아무리 앞으로 굽혀도 내 손끝은 바닥에 닿지 않는데도 말이다.

한 번은 6개월 이상 꾸준히 요가원을 다닌 적이 있다. 요가 자세 중에 다운 독이라고, 양손과 양발을 매트에 지지하고 골반을 하늘로 높여 몸을 시옷자로 만드는 자세가 있다. 그 자세를 하면 자기주장 강한 나의 뒤꿈치는 도무지 바닥에 닿을 생각이 없다. 6개월 이상 꾸준히 요가를 해도 닿지 않았다. 이렇듯 요가 자세를 할 때 유연성이 부족해서 겪는 어려움이 늘 있었다. 그런데 하면 할수록 아주 조금씩, 정말 미세하게 나아지는 게 느껴졌다. 6개월이 넘어가니 앉아서 상체를 앞으로 굽히는 자세를 하면 손가락 전체가 발끝을 넘어갔다(손바닥 전체가 아니고, 손가락 전체). 보통 이 정도면 나랑 맞지 않는다고 생각하고 포기할 만하다. 하지만 나는 요가가 나랑 너무 잘 맞는다고 생각했다. 요가를 하다 보니 유연성은 중요한 게 아니라는 걸 알았기 때문이다. 자세를 '잘'하는 건 중요하지 않았다. 자세를 통해 몸에 집중하고, '정확한' 자세를 취하는 게 중요하다. 하루는 몸이 가볍게 느껴지고, 호흡도 괜찮고, 근육이 잘 늘어나는 느낌이 든다. 또 하루는 호흡이 어렵고, 원래 가능하던 자세가 나오지 않기도 한다. 매일 나의 컨디션에 따라 몸이 조금씩 달라졌다. 그러한 내 몸 상태에 집중해 보는 시간이 요가 시간이었다. 그러다 보면 영원히 안 될 것 같은 자세를 허락하는 신호가온다. '어라? 안 될 줄 알았는데 이 자세가 나오네?' 그런 날이면 자신감이 올라간다. 꾸준히 하다 보면 재주가 없더라도 결국 할 수는 있구나. 되기는 하는구나! 내 몸과 친해지고, 자신감을 심어 준 요가가 좋았다. 좋아지니 자연스레 관심이 생겼다. 그래서 조금 더 알아봤는데, 요가는 명상의 한 종류였다. 요가는 본래 건강과 몸매를 위한 운동이 아닌 자세와 호흡을 통해 심신단련을 하는 명상 수련법이었다. 심신 단련이라는 말을 보니 확실히 관심이 갔다. 그 당시 명상에도 관심이 많던 시기라 더더욱 그랬다. 내가 짝사랑했던 요가가 명상과 이렇게 깊은 관계가 있었다니 싶었다.

더 깊이 있게 나를 알고 싶어서 요가 지도자 자격증을 따기로 마음먹었다. 나 정도의 유연성으로 도전했다는 게 지금 생각해도 놀랍지만, 유연한 사람만 가능한 운동이 아니라는 강한 믿음이 있었기에 도전했다. 그렇게 요가 지도자 자격증을 따고 곧바로 명상 지도자 자격증도 취득했다. 두 자격증 수업을 내리 들으며 나의 내면이 조금은 더 단단해진 듯했다. 사실 그 시기는 나에게 아주 힘든 시간이었다. 30대 초반이 되어서 연극은 내 길이 아님을 깨닫고 10년간의 극단 생활을 마무리했기 때문이다. 내 삶을 가득 채운 감정은 공허함과 허탈함이었다. 그동안 나는 무엇을 위해 그렇게 열심히 살았나. 남은 게 없다고도 느꼈다. 심적으로 너무 힘들었기에 요가와 명상에 깊이 몰입했다. 이 행위가 나를 고통에서 벗어나게 해 주지 않을까 생각했기 때문이다.

명상을 통해 얻은 지혜는 이것이다. 고통에서 벗어날 수 있게 하는 건 오직 나뿐이라는 거. 내가 변화해야 고통에서 벗어날 수 있다고. 이 마음가짐은 내가 내면 아이를 직면할 수 있게끔 용기를 주었다.

02

내 안에 상처받은 아이 마주보기

이건 명상 수련을 시작했을 때 겪은 일이다. 처음 명상을 시작할 때는 가이드를 틀어 놓고 했다. 유튜브에 '10분 명상', '집중 명상' 등을 검색하면 다양한 가이드가 나온다. 하루는 '치유 명상' 가이드를 선택해 명상했다. 그 가이드 내용은 이랬다. 어린 시절 나를 떠올리며 마음 깊은 곳에 꽁꽁 숨겨 두었던 마음의 상처를 바라보고 상처받은 나에게 괜찮다고 말해 주라고.

숨겨진 그곳에는 어린 시절, 약 5살 때의 내가 넓은 초원에서 뛰어다니며 웃고 있었다. 그 아이는 지금과 다르게 해맑았다. 그러다 점점 세상의 편견과 평가로 인해 주눅 들고 쪼그라들었다. 그런 나약한 자신을 지켜보았다. 내가 틀리지 않았다는 걸 증명하기 위해 애써 온 날들과 부모님께 불효자가 아닐 거라고 외치고 싶은 내 모습, 생각보다 더 왜소하고 소심한 내 모습. 인정하고 싶지 않았다. 나의 왜소한 면을 마주할까 봐 무서웠다. 그런 부분을 인정하면 무너져 내릴 것만 같았다. 내가 인정하고 싶지 않은 면 중에 하나는 바로 내가 외모 콤플렉스가 있다는 사실이었다. 기획사에 있을 당시 오디션을 다니며 코가 낮다느니, 키가 작다느니, 연예인 할 얼굴이 아니라느니 이런 평가를 받아 온 까닭에 나는 내 외모를 싫어하게 되었다. 그래서 외출 준비하는 데에 2시간은 족히 걸렸다. 내 눈에 보이는 외적인 단점을 커버하기 위해 머리 세팅부터 풀 메이크업, 최신 유행하는 패션 스타일까지. '저 정도면 예쁜 외모다.'라는 타인의 인정을 위해 부단히 애를 썼다. 이뿐만 아니라 다양한 부분에서 감정적으로 상처를 받은 나를 발견했다. 이렇게 내면에 존재하는 상처받은 아이 같은 모습을 '내면 아이'라고 부른다.

살아가면서 행복한 일만 가득했으면 좋겠지만, 주변 사람들과 소통하며 인생의 과제를 수행하다 보면 이런저런 일들로 상처받게 된다. 최초의 상처는 부모로부터 시작한다. 그들은 최선을 다해 자식을 사랑했겠지만 자신도 모르는 사이 아이들에게 상처를 주고 만다. 자신의 성에 차도록 아이를 통제한다거나, 칭찬은 하지 않고 혼만 낸다거나, 다른 집 아이와 비교한다거나. 심지어는 말을 듣지 않는다고 때리기도 한다. 모든 행위에는 자녀가 잘 크기를 바라는 마음이 담겨 있겠다. 하지만 이런 훈육은 오히려 아이의 마음에 상처를 남겨 자존감을 갉아먹는다. 또 학교에 입학하면 더 많은 비교 대상이 존재하고, 다양한 평가와 시선이 따라오면서 우리는 내면에 상처를 차곡차곡 쌓아 간다. 그렇게 우리 내면 깊숙한 곳에는 '내면 아이'가 자리 잡는다. 이 내면 아이는 행복과 기쁨이 없다. 오로지 불안, 걱정, 공포, 두려움만 느낄 수 있다.

우리는 어떤 결정을 본인의 이성적 판단에 의해 의식적으로 한다고 생각한다. 그러나 심리학적으로 보면 대부분의 결정은 무의식에 의해 내리게 된다. 그리고 우리의 무의식에는 상처로 가득한 '내면 아이'가 자리 잡고 있다. 내 안에 존재하는 내면 아이를 인지하지 못하면 우리도 모르게 그 아이가 내리는 결정에 따라 살게 된다.

한동안 명상과 일기를 통해 내 내면 깊은 곳에 자리한 모지리 변진서를 지켜보았다. 그리고 용기내서 모지리 진서를 인정하기 시작했다. '그래, 너는 부모님과 사람들의 인정에 목말라 그것을 채우기 위해 참 애를 썼구나.' 그 모습을 인정하니 나의 내면 아이가 점점 사그라들고, 마음이 평온해지는 순간이 잦아졌다. 직면하고 인정하기 두려웠던 나의 '내면 아이'에 대해서 글을 쓰는 데에는 큰 용기가 필요했다. 하지만 세상 모두가 상처 입은 영혼을 안고, 그 영향을 받으며 살아간다는 걸 안다. 그래서 용기를 내어 본다. 당신도 이 글을 통해 내면 아이를 치유하고 무거운 짐을 조금이라도 내려놓을 수 있기를.

03

그림자 인정하기

'내면 아이'를 발견한 후 나는 이 친구와 친해져야 한다고 생각했다. 나의 무의식적 행동과 태도를 선택하는 이 친구는 어디서 왔을까? 왜 생겼을까? 인간은 살다 보면 왜 부정적인 감정으로 가득 차게 될까? 이런 질문에 대한 답을 심리학 도서를 통해 찾았다. 프로이트부터 칼 융, 아들러까지 훌륭한 심리학자들이 대중을 위해 쓴 심리학 책을 읽고, 그 내용을 내 삶에 적용해 보았다. 그럴수록 자존감을 어디서 찾아야 하는지, 자존감 있는 사람이 된다는 게 어떤 것인지 알게 되었다. 예전의 소심하고 자존감 낮은 진서는 점점 희미해지고 점점 당당하고 자신감 있는 진서로 바뀌었다. 내면의 당당함과 자신감을 찾았다고 하는 게 더 맞는 표현 같다. 그리고 자아실현의 삶을 사는 게 어떤 건지도 깨달았다. 타인을 위한 삶이 아니라, 나를 위한 삶.

'개성화 Individuation 이론'은 정신의학자이자 분석심리학의 개척자인 칼 구스타프 융의 주요 이론 중 하나이다. 우리가 자주 쓰는 말로 바꾸면 자기 실현을 위한 이론이라고 할 수 있다. 칼 융은 인간의 목표가 자기 실현을 하는 일 즉, 진정한 자기 자신을 찾는 것이라고 했다. 이것이 바로 개성화 과정이다. 그러기 위해서는 무의식을 대면하고, 틀에서 벗어나야 한다. 그런 삶을 살게 되었을 때 진정한 행복이 찾아온다. 칼 융은 무의식을 의식화하지 않으면 삶은 정해진 대로 흘러간다고 했다. 나를 위한 삶을 살기 위해 우리가 할 일은 무의식을 의식화하는 작업이다.

위대한 심리학자이자 철학자, 정신분석학의 창시자인 지그문트 프로이트 덕분에 우리는 인간의 의식과 무의식을 익숙하게 받아들이고 있다. 그리고 인간 정신이 크게 의식과 무의식으로 구분된다고 배우기도 했다. (프로이트는 인간의 정신을 의식, 전의식, 무의식으로 구분했다. 그리고 여러 심리학자가 제시한 의식 모델도 더러 있다. 하지만 일단 우리는 칼 융의 정신분석학 이해를 위해 크게 의식, 무의식으로만 구분해 보자.)

의식은 우리가 하루를 살아가며 보고 듣고 느끼는 등 모든 행동을 지각하고 경험하는 걸 말한다. 나들이 가기로 한 날, 아침 하늘을 보니 푸르다. '오늘 날씨가

좋군! 나들이 가는 날인데 잘 됐다.'라고 생각 및 판단하는 게 의식이라고 할 수 있다.

이제 무의식의 세계로 넘어가 보자. 무의식에는 그림자라는 친구와 콤플렉스라는 친구가 포함되어 있다. 우리가 억압해 둔 욕망이나 공포, 해소하지 못한 감정 등 의식하지 못하는 자아의 어두운 면을 그림자라고 한다. 이 그림자는 모두에게 있다. 칼 융은 이 그림자를 찾고 인정하는 과정을 거쳐야 자아가 성장하고 치유된다고 했다. 그런데 사람들은 이 그림자를 외면하고, 인정하지 않는다. 심지어 자신에게 어두운 면이 있다는 사실 자체를 부정한다. 나는 이 그림자라는 친구가 내면 아이라고 불렸던 친구와 같다고 생각했다. 내면 깊은 곳에 인정하기 싫은 왜소한 나 말이다.

자기 실현을 하기 위해서는 먼저 개인 무의식 속에 있는 그림자인 내면 아이를 직면해야 한다. 내가 어떤 욕망을 억누르고 있는지, 무엇을 두려워하고 어떤 상처를 가지고 있는지를 확인해야 한다. 이 과정을 거치고 나면 집단 무의식 속에 있는 원형을 하나씩 들여다볼 수가 있다. 칼 융이 말한 자기 Self 는 이 내면세계의 중심에 자리하고 있다. 우리는 평소 인식하던 자아 Ego 에서 의식하지 못하는 무의식 한가운데 존재하는 자기로 나아가야 한다. 자아를 걷어 내고 자기를 발견해 가는 과정이 곧 진짜 나를 찾는 과정이다. Step3에서는 내가 그림자를 발견하고 인정하며 자기에 더 가까워지는 과정을 담았다. 그림자를 인정하기란 어렵다. 나의 그림자에 대한 이야기를 담는다는 건 더더욱 어려웠다. 하지만 당신이 자신의 그림자를 직면하는 데에 나의 경험이 도움될 거라 생각한다. 치부를 드러내는 기분이지만 한편으로는 자랑스럽기도 하다. 나는 이제 나의 그림자를 만나면 피하지 않고 인정할 수 있게 되었으니까. 앞으로도 나의 그림자, 나약한 내면을 발견하면 도망가지 않고 직면해 인정하고 받아들일 준비가 되어 있다. 내가 생각해도 굉장히 용기 있는 행위다. 그렇기 때문에 자랑스럽게 생각하기로 했다. 나의 자랑스러운 여정을 기쁜 마음으로 읽어 주시길.

04

NOT SORRY

우리 엄마는 내가 초등학생 시절 썼던 일기장과 부모님께 드렸던 편지를 버리지 않고 몽땅 모아 두셨다. 지금도 가끔 고향 집에 가면 그 시절 나의 일기장을 읽어 본다. 어른이 되어 일기를 읽어 보니 내용에 죄책감이 한가득인 걸 발견했다. 대부분이 '엄마 아빠께서는 네 자매를 먹여 살리느라 밤낮으로 애쓰시는데 나는 맨날 동생과 싸우고 공부 안 하고 말 잘 듣지 않아서 죄송합니다.'라는 내용이었다. 20대 초반에 엄마에게 쓴 편지도 비슷했다. 많이 힘드실 텐데 도움이 되어 드리지 못해 죄송하다는 내용이었다. 마음 한편에는 내 일이 잘 풀리지 않고, 내가 금전적으로 어려움을 겪는 게 부모님이 도와주지 않았기 때문이라고 생각했다. 그리고 그런 마음이 들면 곧장 죄를 짓는 기분이었다. 내가 못됐기 때문에 그런 생각을 하는 거라 느꼈고, 그렇게 죄인이 된 나는 부모님께 늘 죄송한 존재였다. 서운함이 죄책감으로 변하는 감정의 반복이었다. 이런 내면을 잘 표현한 명작을 만났는데, 바로 영화 〈혐오스런 마츠코의 일생〉이다.

이 영화는 죄책감에 휘말린 인생을 살아가는 마츠코의 이야기다. 마츠코에게는 병에 걸린 여동생 쿠미가 있다. 마츠코의 아버지는 쿠미에게만 관심을 가졌고, 아픈 여동생으로 인해 늘 무표정이었다. 동생이 아프기 때문에 자신에게 무관심하다는 걸 이해해야 하지만, 마음 한 구석에는 아버지의 사랑을 갈구하고 동생을 향한 원망이 쌓여 갔다. 아버지는 한 번도 웃은 적이 없는데, 딱 한 번 마츠코가 희한한 표정을 지을 때 웃었다. 그래서 마츠코는 아버지를 웃게 하기 위해 그 희한한 표정을 수시로 지었다. 그럴 때마다 아버지가 웃어 보이긴 했지만 그마저도 점점 먹히지 않았다. 마츠코는 아버지를 즐겁게 해 드리려 아버지가 원하는 교사도 되었다. 하지만 아버지의 관심은 오로지 쿠미에게만 가 있다고 느낀다.

여기서 마츠코는 자신의 존재가 무가치하다고 느끼지 않았을까. 또 쿠미를 미워하면 안 되는 걸 알면서도 미워하는 자신에게 죄책감이 들었을 것이다. 그런 결핍으로 인해 마츠코의 삶은 점점 구렁텅이로 빠지게 된다. 교사로 재직하던 학교에서 오해 받아 퇴출당하고, 쿠미라는 불편한 존재가 있는 집에서도 뛰쳐나온다. 마츠코가 동거한 남자 야메카와 작가는 폭력성이 강해서 마츠코를 자주 때렸는데, '태어나서 미안합니다.'라는 죄책감이 가득 묻어난 유언을 남기고 마츠코 앞에서 자살한다. 나는 사실 야메카와가 존재에 대한 죄책감을 많이 느꼈고 그 죄책감이 오히려 마츠코를 때리는 폭력성으로 드러난 거라 생각했다. '태어나서 미안합니다.'라는 문장은 이 영화를 관통하는 메시지가 아니었을까 싶기도 하다.

이후로도 계속 마츠코의 인생은 순수한 자신의 의도와는 다르게 점점 악화된다. 유부남과 만났다가 배신당하고, 매춘녀가 되기도 하고, 살인을 저지르고, 징역을 산다. 마지막 연인에게 배신을 당했을 때부터는 집에 처박혀서 아무도 만나지 않고 먹고 자기만 하며 폐인처럼 산다. 그렇게 아름다웠던 마츠코의 모습은 혐오스럽게 변해 갔다. 그런 혐오스러운 모습으로 어느 날은 벽면에 '태어나서 미안합니다.'라는 문장을 미친 듯이 써 내려갔다. 마츠코는 자신의 존재가 무가치하고 태어나지 말았어야 할 존재라고 믿는 듯했다. 그리고 마지막에 마츠코는 동네 어린 아이들에게 살해당한다. 살해당하는 모습은 영화에서 아주 아름답게 그려진다. 마츠코가 죄책감을 갖고 살아가는 이유가 사실은 너무 순수한 존재이기 때문이라고. 그래서 순수한 존재인 아이들에게 죽임을 당한 것이리라.

나는 이 영화를 볼 때마다 펑펑 운다. 처음에는 우는 이유도 모른 채 마츠코가 마냥 불쌍해서 울었다. 하지만 반복해서 볼수록 마츠코 안에 있는 죄의식과 애정 결핍이 나에게도 있기 때문에 흐르는 공감의 눈물인 걸 알아차렸다.

심리학 공부와 명상을 통해서 내 안에 가득 찬 죄의식을 발견했다. 그래서 나는 내가 많은 사람을 도울 수 있는 좋은 사람이 되는 건 어렵다고 믿었다. 한참 지난 일이지만 아직도 잊히지 않는 부끄러운 일이 있다. 고등학생 때 학원 수업을 마치고 늦은 밤 집으로 가는 길이었다. 나는 버스 정류장에서 버스를 기다리고 있었다. 그런데 50대로 보이는 남성분이 비틀거리더니 픽하고 쓰러졌다. 쓰러진 후에 끙끙 소리를 냈다. 나는 그분이 술을 많이 마시고 쓰러진 거라 생각했다. 주변은 어둡고, 인적이 드물었다. '가까이 갔다가 갑자기 나를 덮치면 어쩌지?' 이런 불안에 다가가 일으켜 세우기가 무서웠다. 용기가 나지 않았다. 그렇게 우물쭈물하는 사이에 대학생으로 보이는 성인 세네 명이 지나가다 그분을 발견했다. 그들은 빨리 달려가 괜찮냐고 흔들어 깨우고는 바로 119에 신고해 아저씨를 도왔다. 그 아저씨는 술에 취한 게 아니라 몸에 이상이 와서 쓰러진 게 맞았다. 그 모습을 보며 대학생들처럼 용기내지 못하고 우물쭈물했던 나를 부끄러워했다. 나는 남을 도울 만큼 용감하지 못한 걸까 싶기도 했다. 이런 소소한 생각이 쌓여서 나는 '별로인 사람', '용기 없는 사람'이라는 믿음이 강해졌다. 그렇게 나는 자존감이 낮은 아이로 자랐다. 삶의 행복과 금전적 여유를 누려도 좋다고 스스로를 인정하지 않았다. 죄가 있으니 고생하고, 벌을 받으며 그럭저럭 연명하는 삶을 살아야 한다고 계속 되뇌었다. 나를 죄인으로 만들고, 힘든 상황에 놓이게 하고, 행복을 누릴 수 없는 사람으로 낙인찍은 건 다름 아닌 나였다. 나는 나를 사랑하지 못했다. 그래서 외부의 사랑을 통해 내 가치가 증명된다고 믿었다.

하지만 세상에는 타인을 진정으로 사랑할 수 있는 능력자가 별로 없었고, 그들을 통해 내가 사랑받을 만한 가치를 가졌는지 증명하는 시도는 늘 실패로 끝났다. 내가 나를 별로라고 생각하는데 누가 나를 매력적으로 봐 주겠는가. 내 안에 가득한 죄의식과 결핍을 인정하니 마음이 점점 평온해졌다. 가장 최근에 〈혐오스런 마츠코의 일생〉을 다시 보고 이런 생각도 했다. 내가 미안한 존재라고 생각하는 이유는 내가 너무 순진했기 때문이라고. 그래서 나는 한동안 이영지의 'NOT SORRY'라는 노래를 계속 들었다. 그 가사가 참 기가 막힌다. 나에게 필요한 말을 적절하게 해 주어 많은 위로를 받았다.

I'm not sorry

머릿속엔 언제나

Only me myself and I

Don't worry

철없게 살아도 어쩌겠어

I'm the only one

미안해

하나도 하나도 아무것도

미안하지가 않아서

그저 나답게 살아가고픈 것뿐

남에게 상처 주는 행위까지 미안해하지 말라는 게 아니다. 스스로를 죄인이라 생각하고 가치를 떨어뜨리며 살지 말라는 의미다. 그게 나답게, 당당하게, 자존감 높게 살아가는 방법이다. 우리는 타인의 평가, 반응에 많은 신경을 쏟으며 살아간다. 남이 나를 나쁘게 볼까 봐, 낮게 평가할까 봐 전전긍긍하면서 말이다. 나 또한 남의 눈치를 보며 살았지만 마냥 좋은 평가만 받고 산 것도 아니다. 그저 전전긍긍했을 뿐이다.

나답게 살아도 괜찮다. 철없게 살아도 괜찮다. 남들과 좀 달라도 괜찮다. 칭찬받지 않아도 괜찮고, 욕 좀 먹어도 괜찮다. 가장 중요한 것은 'Only me myself and I'라는 것. 이 글을 읽는 모두가 더 이상 자신을 죄인으로 만들지 않기를.

05

스스로를 상처 주지 않는 방법

꽤 오랜 시간 사람들의 눈치를 보며 '이렇게 보일까?', '저렇게 보일까?', '나쁘게 평가하지 않을까?', '왜 나를 저렇게 말하지?' 같은 생각들로 전전긍긍 앓았다. 그렇게 사람들 눈치를 보고 평가를 신경 썼지만, 그렇다고 모두에게 좋은 사람이었던 건 또 아니다. 상처를 주는 일도 있었다. 일명 좋은 사람 콤플렉스를 갖고 살았으면서도 타인에게 상처를 주는 이유가 무엇일까? 그리고 그런 일이 없으려면 어떻게 해야 할까? 이게 나에게 큰 과제로 다가온 적이 있었다. 앞에서 스스로 죄의식을 갖지 말자고 했지만, 그게 '타인에게 상처 줘도 괜찮아.'라는 의미는 아니니까.

자신의 존재를 부정하는 사람이 타인에게 상처를 잘 준다. 스스로 죄의식을 가진 사람이 오히려 남에게 상처를 주게 된다. 마츠코와 마츠코를 때렸던 야메카와처럼 말이다. 그래서 중요한 건 타인에게 상처를 주지 않는 존재가 되는 것이고, 그 방법은 스스로 죄의식을 갖지 않는 것이다. 자신을 낮게 평가하면 할수록 마음의 여유가 없고 방어적으로 변한다. 그렇기에 자신을 스

스로 멋있고 괜찮은 사람이라 믿어야 한다. 또 한 가지 방법은
스스로 무지에서 벗어나는 것이다.

세계의 악은 거의가 무지에서 오는 것이며, 또 선의도 총명한
지혜 없이는 악의와 마찬가지로 많은 피해를 입히는 수가 있는
법이다. _〈페스트〉, 알베르 카뮈

극단에 있던 시기, 함께 했던 배우들에게 비판받은 적이 있
다. 나에게 상처받거나 나로 인해 불편했다는 이유였다. 나는 오
히려 상처를 받았다. 그리고 나를 비판한 사람들이 미웠다. 이
후 시간이 지나고 미운 마음이 사그라드니 왜 나도 모르는 새에
사람들에게 상처를 주게 되었나 고민했다. 도대체 악 이라는
건 무엇일까? 나는 의도하지 않았는데 왜 사람들에게 피해를 주
고 상처를 주게 되는 걸까? 내가 정말 악한 존재이기 때문일까?
그때 만난 책이 한나 아렌트의 〈예루살렘의 아이히만〉이다.

제2차 세계대전 당시 독일 나치 친위대 장교가 바로 아돌프
아이히만이었다. 그는 수백만 명의 유대인을 수용소로 보낸 업
무의 책임자였다. 그로 인해 학살당한 유대인만 무려 600만 명
이다. 전쟁이 끝나고 많은 독일 나치 요원이 남미로 도망갔다. 아
이히만도 다른 이들과 마찬가지였다. 아르헨티나로 도망가 바꾼
이름으로 신분을 숨기고 살았다. 그런데 이스라엘 비밀정보기관
인 모사드에서 숨어 살던 아이히만을 찾아냈다. 모사드는 그를

불법으로 납치하여 예루살렘 법정에 세웠다. 그 법정에 정치 철학자인 한나 아렌트가 참관했다. 그녀는 재판받는 8개월간의 과정을 지켜보았고, 그 후 쓴 책이 바로 〈예루살렘의 아이히만〉이다. 600만 명을 죽인 나치 장교의 모습을 떠올려 보자. 뭔가 험악하게 생기고 눈빛은 악의로 가득하며 살기가 느껴질 것만 같다. 그런데 실제 아이히만의 모습은 지극히 평범한 시민이었다. 또 그렇게 많은 유대인을 죽인 이유가 무엇이냐 물었는데, 아이히만은 이렇게 대답했다.

> 해당 지역에 있는 경찰서나 파출소에서 우리 부서에 협조 요청을 했습니다. 그래서 제가 이 일을 계속 진행해야 했고, 중계자로서 처리해야만 했습니다. 전 지시대로 했습니다. 명령을 따라야 했죠. 명령이었어요. 그 사람들이 죽든 말든 명령을 수행해야 했어요. 행정적인 절차였어요. 저는 제가 맡은 일을 했을 뿐입니다. _예루살렘 재판에서 아이히만의 발언

아이히만 자신은 유대인을 죽이라는 명령을 내린 적이 없고, 오직 나라의 명령에 따랐을 뿐이라고 했다. 우리는 보통 범죄를 저지르면 그 범죄자에게 악한 범행 동기가 있을 거라 생각한다. 하지만 아이히만의 발언을 보면 그에게는 악한 범행 동기가 없었다. 그저 나치 독일의 구성원으로 충실했고, 튀고 싶지 않아서 대세에 따랐을 뿐이다. 한나 아렌트는 그를 통해 아주 평범한 사

람도 악행을 저지를 수 있다는 통찰을 한다. 이것이 악의 평범성
Banality of evil 이다.

  조셉 콘래드의 〈암흑의 핵심〉이라는 소설의 시대적 배경은
19세기 후반, 유럽 열강들이 식민지 쟁탈에 미쳐 있던 시기다.
그 소설을 보면 유럽 제국은 식민지 원주민들을 노예보다 못한,
동물보다 못한 처지로 만들어 기아와 질병으로 죽게 만드는 장
면이 잘 드러나 있다. 노예 사냥을 하고, 재미 삼아 살육을 하며
방화를 저지르는 모습 등 지금은 전혀 이해하지 못할 악한 행동
이다. 그러나 만약 너도나도 그랬다면? 내 주변에 모두가 그렇게
해도 괜찮고, 그건 오히려 멋있는 행위라고 생각한다면? 그들은
인간 이하인 존재, 짐승과 비슷한 수준이니 원주민들을 막 대해
도 괜찮다고 믿었다. 그들의 내면에 어떤 악한 동기가 있어서 그
런 행동을 저지른 게 아니라, 그 행동을 악행이라 인지하지 못했
다고 보는 게 더 정확하다. 아이히만도 그저 충실한 기능인이었
다. 하지만 문제는 그가 그 역할에만 충실했다는 것이다. 하나만
알고 둘은 모르는 무지하면서 멍청한 인간. 자신으로 인해 누군
가가 고통받을 수도 있다는 생각을 미처 하지 못했다. 즉, 타인
의 고통을 이해하고 알 의지가 없다는 게 그의 죄다. 이제 알베
르 카뮈의 문장이 한층 더 이해된다. '세계의 악은 거의가 무지
에서 오는 것이며, 또 선의도 총명한 지혜 없이는 악의와 마찬가
지로 많은 피해를 입히는 수가 있는 법이다.'

내가 나도 모르는 사이 사람들에게 피해를 줬던 건 총명한 지혜가 없이 무지했기 때문이다. 성찰이 부족했다. 한나 아렌트에 따르면 악은 굉장히 평범해서 독일인만의 특성이 아니라 우리 모두에게 있다고 한다. 나는 한나 아렌트의 통찰에 깊은 감명을 받았다. 나는 무지했던 거다. 무지했다는 걸 처음엔 받아들이기 힘들었다. 보통은 다들 자신이 전부를 안다고 생각한다. 내 생각, 내 말이 맞다고 믿는다. 그래서 상대가 자신의 의견을 받아들이지 않으면 화가 난다. 토론할 때 고성방가로 쉽게 변질되는 이유도 이 때문이다. 모든 변화의 시작은 내가 잘 모른다는 걸 받아들일 때부터다.

Ἕν οἶδα ὅτι οὐδὲν οἶδα

나는 오직 내가 모른다는 것을 알고 있다. _소크라테스

知之爲知之 不知爲不知 是知也

아는 것을 안다고 하고 모르는 것을 모른다고 하는 것, 그것이 앎이라. _〈논어〉, 위정편 (爲政篇)

소크라테스와 공자는 자신이 무지하다는 걸 인정했다. 역사적으로 위대한 성인 聖人 도 자신이 무지하다는데 대부분의 사람들은 자신이 무지하다는 걸 인정하지 않는다. 그게 악의 평범성이고, 그렇기에 모든 사람은 극단적인 상황이 오면 아이히만처럼 악행을 저지를 만한 잠재성이 있다.

스스로 무지했고 지혜가 없었다는 걸 인정하니 겸허한 자세로 독서를 하게 되었다. 내 지식을 뽐내고 인정받으려 하는 공부가 아니라 무지함을 지우고 지혜로 채우기 위해 독서하게 되었다. 책을 선정하는 기준도 그 이후로 많이 바뀌었다. 삶과 인간에 대해 깊은 통찰을 한 작가의 책을 읽으며 그들의 마음을 배우려고 애썼다. 내 삶에 적용해 보려 노력도 했다. 알면 알수록 내가 가야 할 지혜의 길은 멀어 보였지만 그래서 더욱 인간은 죽기 전까지 배워야 한다는 말을 실감했다.

맨 처음 신호등이 생기고 사람들은 그 물체를 이해하지 못했다. 당시엔 신호보다 좌우를 살펴 건너가는 방식이 익숙했기에 무단 횡단을 많이 했다. 그러나 이젠 안다. 신호등의 신호에 따르는 게 사회의 질서를 유지하고 사고를 줄이는 방법이라는 걸 말이다. 〈이경규의 양심 냉장고〉라는 프로그램이 유행하던 당시 대한민국에는 신호등 정지선을 지키는 사람이 거의 없었다고 한다. 그걸 왜 지켜야 하는지 몰랐기 때문이다. 그 방송을 통해 사람들은 정지선을 지키는 일이 타인에게 피해 주지 않는 행동이라는 걸 알게 되었다. 이제는 정지선을 지키지 않는 사람은 거의 없다. 내가 왜 그런 행동을 하면 안 되는지 인지 못하면 나도 모르게 악행을 저지르게 된다. 그렇다, 나는 무지했다. 나의 무지가 사람들에게 피해를 끼칠 수도 있다는 걸 깨달았다.

이전의 나는 더 똑똑하고 지적인 사람처럼 보이기 위해 공부했다. 오로지 나만을 위해서. 하지만 '무지도 죄'라는 걸 알게 된 후에는 타인에게 피해를 끼치는 사람이 되지 않으려 공부했다. 그동안 나의 무지로 인해 상처받았던 사람에게 용서를 비는 마음으로 열심히 공부했다. 그건 더 이상 스스로에게 상처 주지 않는 방법이기도 했다. 이 내용은 굉장히 희망적인 이야기다. 사람은 누구나 마음먹으면 무지함을 인정할 수 있고, 그로 인해 조금 더 성장할 수 있다는 의미이니까. 내가 부족했던 건 내 존재가 부족한 게 아닌 그저 무지했을 뿐이다. 이 사실을 먼저 인정하자. 그러면 우리 앞에 무궁무진한 세계가 펼쳐진다. 수많은 기회가 보인다. 더는 회한에 젖지 않아도 된다. 과거의 자신을 사랑할 수 있으니, 그날의 무지했던 나를 안아 주자.

06

할 수 있는 것과 할 수 없는 것 구분하기

God, give us grace to accept with
serenity the things that cannot be changed,

주여, 우리가 바꿀 수 없는 것을
평온하게 받아들이는 은혜를 주시고,

courage to change the things that should be changed,

바꿀 수 있는 것을 바꿀 수 있는 용기를 주시고,

and the wisdom to distinguish the one from the other.

그리고 이 둘을 분별하는 지혜를 허락하소서.

_평온을 비는 기도(Serenity Prayer), 라인홀트 니버(Karl Paul Reinhold Niebuhr)

바꿀 수 있고 없고를 구분한다는 건 엄청난 지혜를 장착했다는 뜻이다. 정말 사소해 보이지만 이 진리를 내 일상에 적용해 보면 그간 내 뜻대로 할 수 없던 일을 뜻대로 하고자 얼마나 애썼는지를 알 수 있다. 그리고 얼마나 어리석었는지도 확인이 가능하다. 내가 통제하고 바꿀 수 있는 건 어떤 게 있을까? 오늘 하루 루틴, 먹는 음식의 종류와 양, 내가 하는 생각과 말, 표정,

감정, 신체 움직임 정도가 있겠다. 그렇다면 바꿀 수 없는 건 무엇일까? 방금 말한 걸 제외한 모든 부분이다. 내가 통제할 수 있는 건 오로지 나의 몸뚱이, 생각, 목표 등 자신에 대한 부분이다. 내 신체에 대한 것마저 전부 다 통제 가능한 건 아니다. 내 장기는 내가 통제할 수 없다. 통제할 수 있는 부분과 없는 부분을 비율로 따지자면 이 우주라는 공간 안에 내가 차지하는 부분 정도가 되지 않을까?

시험이 코앞이면 보통 이런 생각을 한다. '내가 아는 문제가 나올까?', '모르는 문제가 나오면 어떻게 하지?', '목표 점수가 나올까?', '몇 점 정도 나올까?', '낮은 점수를 받아서 엄마한테 혼나면 어쩌지?' 등등 온갖 걱정이 난무한다. 이 걱정 중에 내가 통제할 수 있는 건 딱 하나다. 바로 시험을 치러 가는 일. 내가 공부한 부분에서 문제가 출제될지 아닐지, 몇 점을 받을지, 엄마한테 혼날지 아닐지는 내가 결정할 수 있는 부분이 아니다. 그렇기 때문에 온갖 쓸데없는 걱정으로 에너지를 쏟을 바에 시험공부나 하는 게 훨씬 이롭다. 그런데 우리는 대부분의 시간을 내가 통제할 수 없는 것들로 골머리 썩이며 에너지를 소모한다.

우리 엄마는 별명이 걱정 인형이다. 아침부터 밤까지 온갖 걱정을 하신다. 굉장한 아침형 인간인지라 매일 새벽 5시에 일어난다. 거기까지는 괜찮다. 하지만 그 시간에 눈 뜨는 습관을 자녀들에게도 요구한다. 엄마가 깨워서 잘 일어나지 못하면 온갖 걱정 어린 멘트가 날아온다. '너무 게으른 거 아니냐.', '그렇게 못 일어나서 어떻게 사회생활을 하겠냐.', '아침에 바짝 일어나야지.' 밥을 너무 빠르게 먹으면 또 엄마의 걱정이 발동된다. '왜 이렇게 빨리 먹느냐, 그러다 체한다.' 등. 함께 여행이라도 가면 캐리어에 짐을 넣는 순서까지 친절하게 알려 주신다. 그렇게 하지 않으면 내용물이 부서지기라도 할까 봐서 말이다. 나는 성향이 워낙 독립적이고 자유롭기에 간섭하는 엄마와 상극이었다. 엄마는 불안을 많이 느끼는 사람이었다. 불안이 높은 사람일수록 위기를 방지하기 위해 모든 걸 통제하려고 한다. 시험 결과에 대한 불안이 높을수록 그날의 날씨, 시험 볼 자리, 문제 출제 내용, 감독관의 분위기 등 온갖 상황을 통제하려 드는 것처럼 말이다. 이걸 알고 나니 엄마의 삶이 얼마나 힘들고 고단할까 싶어 마음이 아팠다. 평정을 위한 기도 내용처럼 지혜라는 건 내가 통제하지 못하는 부분에서 의연함, 통제 가능한 부분에서 용감성, 또는 그 둘을 구분하는 일이라고 했다. 이 둘을 잘 구분해서 삶에 적용하는 사람은 자존감도 높다. 나는 엄마의 간섭을 싫어했지만 어느새 나도 그런 행동을 하고 있었다. 많은 사람이 나이가 들수록 내가 닮고 싶지 않은 부모님의 모습을 따라가는 걸 발견한다. 나도 마찬가지다.

예전에 인스타그램에 중독된 적이 있다. 지금의 인스타그램 계정은 유튜브 시작 후에, 채널을 홍보하고 책 이야기를 나누기 위해 만들었다. 그전에는 계정이 없었는데, 기존 계정을 삭제했기 때문이다. 삭제한 계정은 팔로워가 약 2,000명 정도 있던 걸로 기억한다. 당시에는 지금처럼 유튜브나 인플루언서 활동을 하지 않았기에 오로지 내 개인 일상을 공유했다. 그런 목적의 계정이었지만 팔로워를 늘리기 위해 지금보다 더 많은 에너지를 쏟았다. 소위 말하는 인스타그램에서 잘 먹히는 사진을 찍으려 지금 꼭 가 봐야 한다는 핫 플레이스를 찾아 다녔다. 사람들의 반응이 중요했으니까. 있어 보이게 찍으려고 노력했다. 여유 있고, 감성 있고, 느낌 있고, 매력 있게. 그렇게 폼 좋은 사진을 찍으려 애를 많이 쓸수록 결과에 점점 집착하게 되었다. 게시글 하나를 올리면 좋아요 수와 팔로워 수를 확인하기 위해 5분마다 인스타그램 앱을 켰다. 그리고 그 수치에 따라 그날의 희로애락이 정해졌다. 그러나 문제는 이뿐만이 아니었다. 인스타그램 속에는 늘 나보다 성공하고, 아름답고, 잘나가는 사람이 수두룩했다. 인스타그램 피드를 둘러보고 있자면 세상 나만 실패한 기분이 들었다. 나는 사무실에서 일하고 있는데 나를 제외한 모두가 여행 다니기 바빠 보였다. 상대적 박탈감은 나의 자존감을 더욱 갉아먹었고, 나는 나의 존재를 팔로워 수, 좋아요 수로 증명받기 위해 더더욱 집착했다. 하지만 나는 내가 거대한 파도에 휩쓸리고 있음을 인지하지 못했다.

어느 날 회사 일을 하는데 머릿속이 온통 인스타그램으로 가득하다는 걸 알아차렸다. 정말이지 1분마다 앱을 확인했기 때문이다. 인스타그램이 내 삶을 집어삼키고 있음을 알아차리자마자 바로 계정을 삭제했다. 막상 삭제하고 나니 속이 후련했다. 기분이 좋았다. 인스타그램 좋아요, 팔로워 수에 집착하는 게 건강하지 않다고 판단한 이유는 바로 통제 불가능한 영역이었기 때문이다. 게시글을 올릴 때 '좋아요 100개 받아야지.'한다고 100개가 눌려지지는 않는다. 10개일 때도 있고, 1,000개일 때도 있다. '오늘은 팔로워가 100명 늘었으면 해.'한다고 그날 팔로워가 100명 늘지는 않는다. 그런 부분을 간과하고 나는 내가 통제할 수 없는 숫자를 목표로 삼았다. 그건 결국 불안을 키우고 결과에 집착하게끔 만들었다.

불안과 통제는 아주 밀접한 관계가 있는 친구다. 앞서 말했듯 걱정하는 일은 거의 일어나지 않는다. 불안해할 필요도 없다. 그러니 통제되지 않는 부분을 통제하려 애쓸 필요가 없다. 안정감 있는 사람은 오히려 통제 가능한 데에만 집중한다. 자신의 신체와 생각, 행동, 말 등의 부분이다. 미라클 모닝은 그런 의미에서 자신의 통제력을 체감해 자존감을 높이는 훈련이 될 수 있다. 운동을 해서 좋은 몸을 만드는 것도, 해로운 음식을 피해 건강한 음식을 먹는 것도 그렇다. 자신이 통제 가능한 영역을 제어하는 기분은 '할 수 있다.'라는 용기를 준다. 그런 의미로 부자들은 공통적으로 오전에 일어나면 이부자리를 정리한다고 한다. 아마도 내가 할 수 있는 일로 하루를 시작하며 자기 효능감을 느끼기 위함이 아닐까. 시험이 코앞이라면 내가 통제할 수 없는 시험 문제, 난이도, 이후 부모님의 반응을 걱정하지 말고 지금 당장 할 수 있는 행동을 하는 게 이롭다. 그건 역시 닥치고 공부에 집중하는 거다. 사실 시험 전날 할 수 있는 건 공부밖에 없다.

유튜브 홍보를 위해 만든 현재 인스타그램 계정은 예전처럼 타인의 반응을 목표로 두고 활동하지 않는다. 목표는 내 유튜브 홍보이고, 내가 느낀 바를 함께 나누기 위함이다. 그런 목적으로 운영하니 훨씬 마음이 편했고 팔로워와 좋아요도 더 빠르게 늘어 갔다. 집착이 강했던 이전의 계정으로 팔로워 2,000명 만드는 건 정말 어려웠는데, 새로운 계정으로 2,000명 만들기는 에너지를 덜 들이고 훨씬 빠르게 달성했다. 심지어 그에 20배가 넘는 팔로워가 생겼다. 부계정까지 합치면 18만 명이니까 약 90배가 늘어난 것이다. 남의 반응에 목표를 두고 일하게 되면 에너지는 더 많이 들고 결과도 좋지 않다는 걸 깨달았다. 강연할 때도, 책을 쓰는 이 순간에도 실은 순간순간 사람들 반응에 대한 욕심이 올라온다. 사람들이 내 강연을 듣고, 이 책을 읽고 나를 인정해 주기를!

특히 인생의 첫 책을 쓰자니 정말 큰 부담이 되었다. 처음엔 마냥 기뻤는데 책을 채워 갈수록 이것으로 나를 증명하려는 욕망이 올라왔다. 그런 부담감에 점점 글이 써지지 않았다. 원래는 작년 12월까지가 원고 마감이었는데 글이 도저히 써지지 않아서 미루고 미뤄 왔다. 미루면서도 가만 생각해 보니, 책을 쓰는 어느 순간부터 나는 사람들의 반응을 신경 쓰고 있었다. 그래서 이 일은 나에게 부담으로 다가왔다. 남들에게 잘하고 있다는 걸 보여 줘야 한다고.

새는 자기가 독수리라 말하지 않고 그저 온몸으로 독수리임을 보여 준다.

_〈아티스트 웨이〉, 줄리아 카메론

도대체 뭘 보여 주고 뭘 증명하겠다는 건가 싶을 거다. 살아온 세월 동안 쌓인 나를 아무도 알아주지 않아도 내가 알아주면 된다. 나는 그저 내가 아는 정보를 진심으로 풀어낼 뿐이니까. 그러니 한 명이라도 내 글에 감흥을 느낀다면 그것으로 되었다. 그저 감사하다. 그런 생각을 하니 마음이 편해졌다. 내 안에 있는 찌질한 욕심을 내려놓는 건 쉽지 않았지만 내려놓자 글이 써지기 시작했다. 지금 이 순간에도 내 마음에 외친다.

'내가 통제할 수 있는 것과 통제할 수 없는 것을 구분하게 해 주세요.'

'통제할 수 없는 것에 집착을 내려놓게 해 주세요. 그리고 내가 통제할 수 있는 것에 집중할 수 있는 용기를 주세요.'

07

틀 깨부수기

통제할 수 없는 걸 통제하려는 내 성향은 연애할 때 가장 두드러졌다. 연애가 참 좋은 점은 나의 몰랐던 면을 수면 위로 드러내 준다는 것이다. 연애 경험은 내 내면을 일깨워 주는 좋은 선생님이기도 하다. 인간에게 있어서 사랑, 연애라는 건 떼려야 뗄 수 없는 삶의 일부와도 같으니까. 누구나 한 번쯤 이상형 리스트를 생각해 본 적이 있을 테다. 나는 이상형이 꽤 디테일한 편이었다. 아주 옛날에 이상형 목록을 써 놨더니 진짜 이상형에 100% 부합하는 사람과 결혼했다는 어떤 연예인의 인터뷰를 보고 나도 바로 실천에 옮겼었다. 세세하게 쓰다 보니 거의 30개 이상이나 쓰게 되었다. 그렇게 작성 후 한동안 마음에 새기고 다녔는데 아직 이상형에 부합하는 사람을 만나지는 못했다. 그도 그럴 것이 여기가 가상 세계도 아니고, 내가 입력한 대로 캐릭터가 앞에 나타난다는 건 말도 안 되는 이야기이니까. 내가 생각해도 참 순진했다.

이 이상형이라는 틀 때문에 문제가 생겼다. 내 이상형에 다

맞아떨어지는 남자, 일명 백마 탄 왕자라는 틀. 그 틀이 붕어빵 틀처럼 단단했다. 거기서 만들어진 존재는 내 머릿속에서 창조되었고, 세상에 단 하나밖에 없었다. 나는 연애를 시작하면 곧장 그 상대를 백마 탄 왕자 틀에 끼워 보았다. 상대가 메타몽[*]이 아닌 이상 그 틀에 맞기가 쉽지 않을 텐데, 그 틀에 맞지 않으면 틀렸다고 생각했다. 그 생각은 곧 상대를 고쳐야 한다고 느끼게 했다. 통제 성향이 발동했다. '데이트할 때 이렇게 해야 해.', '내가 힘들 땐 이렇게 위로해 줘야 해.', '연락은 이 정도 해야 하고, 만남은 이 정도 해야 해.' 어릴 적 연애는 그런 생각을 바깥으로 잘 드러냈다. '어떻게 그럴 수 있어?', '이럴 땐 이렇게 해 줘야 하는 거 아니야?' 그러면서 엉엉 울었다. 그럼 상대는 미안해하며 사과를 했지만 그는 메타몽이 아니었다. 내 기대에 또 어긋나는 일은 계속 생기기 마련이었다. 그러면 나는 이 친구가 변하지 않을 거라고 생각하며 이별을 고했다. '너는 늘 똑같아. 변하지 않아. 그러니 날 사랑하지 않는 거야.' 이런 말로 헤어지면 상대에게 상처가 될 수도 있겠다는 걸 인지하고 나서는 다른 전략을 세웠다. 감정적인 말을 그대로 내뱉지 않기로. 덕분에 감정적인 싸움은 덜 하게 되었다.

그러나 겉으로 드러나는 모습이 달라졌을지언정 내 안의 생

---

[*] 메타몽: 포켓몬스터 시리즈의 캐릭터로, 전신의 세포를 재구성해서 본 것의 모양과 똑같이 변신하는 능력을 가지고 있다.

각은 똑같았다. '내 남자친구는 이래야 해!'라는 생각 말이다. 행여나 남자친구가 내 기대에 어긋나면 나는 좋게 말하려고 노력했다. '이랬으면 좋겠어.', '저랬으면 좋겠어.' 그러나 여전히 남자친구는 메타몽이 아니었다. 그 희망 사항을 들어주기 어려웠을 테다. 그러면 나는 점점 마음을 닫아 결국 이별을 고했다. '내 기대에 맞지 않네. 인연이 아닌 것 같아. 변하지 않는 걸.' 내가 태도를 바꾸었는데도 이별이 계속되니 어느 순간 나한테 문제가 있겠다는 사실을 자각했다. '무슨 문제가 있는 걸까?' 그때 알게 된 것이 불안과 통제의 상관관계였다. 심리학 공부와 명상을 통해 내면 아이를 치유하는 일에 몰두하던 중 알게 된 통제 성향을 내 연애에 적용하니 퍼즐처럼 딱 맞아떨어졌다.

우리 가족은 아주 화목하고 단란하지만 늘 그랬던 건 아니다. 아빠가 첫 사업을 시작했던 때는 부부 싸움이 잦았다. 엄마는 아빠에게 희생했다. 젊은 나이에 결혼하고 아빠의 뒷바라지를 하며 네 자녀를 키웠다. 아빠의 사업장에 가서 행정과 같은 사무 업무도 도우셨다. 그런데 아빠가 엄마한테 큰소리를 치기라도 하면 엄마는 세상이 무너지기라도 하나 보다. 간간이 크게 다투면 엄마는 아주 서럽게 우셨다. 본인은 아빠한테 헌신했는데 어떻게 그럴 수 있냐는 이유였다. 그런 모습을 보며 나는 저렇게 살지 말아야지라는 생각을 하게 되었다. '희생하지도 않고, 사랑받지 못한 여자가 되지도 않을 거야.' 그 말은 곧 사랑받지 못하는 여자가 될까 봐 불안하다는 말이나 마찬가지였다. 어릴 적 부모님의 작은 불화가 내 안에 깊이 자리한 듯했다. 그래서 나는 내가 생각한 대로 상대가 반응하지 않으면 불안했다. 나를 사랑해 주지 않을까 봐. 나를 소홀히 대할까 봐. 그러면 나는 비련의 여주인공처럼 비참하고 서러워질까 두려웠다. 그 불안이 상대를 통제하게 만들었다는 걸 알았다.

나는 상대를 있는 그대로 보지 못했다. 백마 탄 왕자의 틀을 만들어 놓고 거기에 맞을 거라 기대하며 사랑에 빠졌다. 그리고 그 틀에 맞지 않는다 판단이 들면 돌아섰다. 첫 만남부터 잘못되었다고 생각했다. 기대를 만들어 놓고 연애를 시작하는 게 아니라 있는 그대로의 상대를 보고 좋아하게 되었을 때 연애를 해야 했다. 그보다 먼저 내 안에 불안, 사랑받지 못하는 존재가 될지도 모른다는 불안을 없애는 게 먼저였다.

내가 불안했던 이유는 내가 연인으로부터 사랑을 확인받는 순간에만 자신을 사랑스러운 존재라고 여겼기 때문이다. 그렇지 않으면 나는 사랑받을 자격이 없는 부족한 존재가 된다고 생각했다. 나의 사랑스러움은 타인에게 받는 사랑을 통해서만 확인이 된다니, 너무나 수동적인 마음이다. 이 책 초반부터 계속 말했지만 우리는 누군가로부터 인정이나 사랑을 받지 못한다고 가치 없는 존재가 되는 게 아니다. 이 메시지도 결을 같이한다. 우리는 스스로를 사랑해 줄 수 있다. 사랑받을 자격은 남이 아니라 내가 부여하는 것이다. 매력적으로 보이려고 애쓰지 않아도, 핫 플레이스에 가서 사진을 찍지 않아도, 좋아요 수가 많지 않아도, 좋은 차를 타거나 멋스럽게 차려입지 않아도 사랑스럽다.

나는 그렇게 생각한다. 내가 자신을 사랑하는 만큼 타인도 사랑할 수 있다고. 나를 사랑하지 않으면 타인도 사랑할 수 없다. 그리고 연인이 나를 사랑하지 않는다면 내가 나를 사랑하지 않을 확률이 높다. 내가 나를 사랑하지 않기에 연인을 사랑하지 못한다. 그래서 연인도 나를 사랑해 주지 않는다. 자신을 아끼고 자신의 가치를 높게 생각하면 상대가 나를 함부로 대하지 않는다. 상대가 나를 쉽게 생각하고 함부로 대한다면 그건 내가 나를 사랑하지 않기 때문이다. 자신을 사랑하는 사람은 상대가 나를 함부로 대한다고 느끼면 꽁꽁 쌓아 두며 참거나 억지로 받아 주지 않는다. 불편한 점을 잘 정리해서 전달할 뿐이다.

그렇게 내 안에 꽁꽁 숨어 있던 내면 아이를 만났다. 그 아이는 '나는 상대가 나를 사랑하지 않게 될까 봐 두려워. 그런 존재가 되면 너무 비참해질 거야!'라고 외치고 있었다. 나는 그 아이에게 괜찮다고 말해 주었다.

그게 많이 두려웠구나. 괜찮아, 상대가 널 사랑하지 않아도 이미 넌 충분히 사랑스러운 존재야. 네 인생의 목표는 너를 떠나지 않고 영원한 사랑을 줄 백마 탄 왕자를 찾는 게 아니야. 그런 왕자를 기다리면 너는 계속 불안하고 불행하다 느낄 거야. 네

안에는 큰 사랑이 이미 존재해. 사랑스러워 보이려고, 사랑을 얻으려고 애쓰지 않아도 돼. 지금으로도 충분해. 네가 너를 있는 그대로 받아들이고 사랑할 수 있을 때, 너도 백마 탄 왕자의 틀을 깨고 상대를 있는 그대로 볼 수 있을 거야. 난 너를 믿어.

지금 이 글을 읽는 사람들 중 자신이 정해 놓은 틀을 가진 이가 있을 것이다. '꼭 이래야만 해.', '꼭 저래야만 해.'라고 생각하는 기준이 강하다면 그건 사실 자신이 불안하다는 증거다. 그러니 그 내면 아이를 위로해 주길 바란다. 괜찮다고. 별일 없을 거라고. 그냥 너를 사랑해 주라고.

08

생각이 너무 많은 나에게

　우리는 목표 달성을 위해 애써야 한다고 생각한다. '노력은 배신하지 않는다.'라는 말처럼 애를 쓰며 노력해야 성공하고, 만약 그렇지 못했다면 그것은 내 노력이 부족했기 때문이라고 생각한다. 성실한 부모님 밑에서 자란 나 또한 그 믿음이 굳건했다. 노력하고 또 노력하다 보면 언젠간 될 거야.

　나는 꽤 성실한 편이다. 하지만 나는 만족할 만한 목표 달성을 한 기억이 별로 없다. 늘 뭔가 부족하다 느꼈다. 그래서 나는 나를 탓했다. 내 노력이 부족했다고. 그렇게 다시 애를 쓰다 보면 점점 진이 빠진다. 노력해야 한다고 생각하면서도 쉬고 있는 나를 보며 자책한다. 이대로는 목표 달성이 어렵겠다며 점점 체념한다. 애만 쓰고 결과도 기쁘지 않으니 애쓰기는 싫어지고 자괴감까지 들어 무기력해진다. 애를 쓴 건 목표 달성뿐만이 아니다. 나는 연애할 때도, 사람들과 관계를 맺을 때도 애를 쓴다. 내가 뭔가 해야 할 일이 있으면 잘 해내기 위해 애쓰는 스타일이다. 그러다 보니 힘들인 만큼의 성과가 없으면 실망하고 무력해진다. 사람들은 나보다 덜 애써도 더 잘하는 듯하다. 덜 애써도 더 갖는 듯하다. 성공한 사람들의 더 애쓰라는 말을 들으면 그들의 배터리 용량이 나보다 훨씬 커 보이기도 한다. 인내심이 강한 사람들만 원하는 걸 이룰 수 있나 싶어 마음이 복잡해진다 . '나는 왜 이리 에너지 고갈이 잦을까?' 고민하다가 자존감도 낮아졌다. 무엇이 문제였을까?

애쓰지 마라(Don't Try)

미국인들이 가장 좋아하는 시인 중 한 명인 찰스 부코스키 Henry Charles Bukowski 의 묘비명이다. 부코스키는 철도 노동자, 트럭 운전사, 주유소 직원, 창고와 공장 등 주로 미국 하층 노동자들이 하는 일을 전전했다. 그리고 생전에 60권 이상의 소설과 시집, 산문집을 냈다. 이 생애를 보면 엄청 열심히 살아온 사람처럼 보인다. 그런데 묘비에는 애쓰지 말라니. 이 애쓰지 말라는 말은 '노력하지 마, 대충 살아.'와는 조금 다르면서도 더 깊은 철학적 사유가 담겨 있음이 분명하다.

나는 노력의 의미와 애를 쓴다는 말의 의미를 구분하지 못했다. 목표를 달성하기 위해 제대로 노력하는 사람은 오늘 할 일에 몰입한다. 애를 쓰는 사람은 목표를 달성하지 못할까 봐 불안해서 노력한다. 일을 하면서도 실패할지도 모른다는 걱정과 실패가 반복될 거라는 우려에 의식은 현재에 있지 않다. 한마디로 생각이 너무 많다는 것이다. 나는 어떤 걸 하나 할 때 잘해야만 한다는 마음을 늘 새긴다. 그런 마음을 먹으니 부담이 생기고, 오히려 이 감정은 나에게 잘하지 못할 것 같은 불안을 일으킨다. 불안하니 오만가지 생각을 하게 되는 건 어쩔 수 없는 듯하다.

'조금 불안한데 이렇게 해 볼까?'

'지금 잘하고 있는 게 맞는 걸까?'

이 불안을 잠재우기 위해 나는 불안과 싸운다. 애를 쓴다. 하지만 이 애씀은 잘못되었다. 과정에 몰입하고 즐기지 않았으니까. 서울에 온 뒤 내가 부족하다고 느껴 책을 읽고, 연극을 하고, 유튜브를 했던 건 전부 노력이 아니라 '잘하려고' 애를 썼던 것이다. 과정에서 재미를 찾지 못했다. 그래서 늘 부담이었고 결과는 불만족스러웠다. 나는 계속 내 에너지를 소진하는 삶을 살았고 현재를 즐기지 못했다. 중요한 건 잘하고 싶은 마음을 내려놓는 일이다. 잘하려고 애쓰지 않는 마음가짐이다. 애쓰지 않는다는 게 무엇인지 공부할수록 애쓰지 않는 행위가 얼마나 중요한가를 느꼈다. 그리고 내가 얼마나 많은 부분에서 힘들이고 있었는지도 발견했다.

나는 인생을 승패가 있는 전쟁처럼 생각했고, 세상은 나에게 전쟁 같은 상황을 느끼게 했다. 연애를 잘하려고 애쓸수록 잘되지 않았다. 직장 동료와 관계를 좋게 맺으려 애쓰면 꼭 불편한 일이 생겼다. 그러니 애쓰는 것보다 '될 일은 된다.', '맺어질 인연은 맺어진다.'라는 생각이 정신에도 성과에도 도움이 된다. 한번 "될 대로 돼라!"라고 외쳐 보자. 그러면 불안한 마음이 가라앉고 유혹에 저항하는 일이 줄어든다. 이 마법 같은 일은 시험이나 연애 등 중요한 이슈가 아니라 일상에서도 적용할 수 있다.

강연이 있던 어느 날, 유독 청중들의 나이대가 높았다. 꽤 많은 사람이 부모님과 비슷하거나 더 많아 보였다. 그 광경을 보니 이런 생각이 들었다. 나보다 인생을 두 배 가까이 더 사시고, 사회적으로 훨씬 자리를 잡으셨을 텐데. 내가 그 앞에서 강연해도 되는 건가… 그런 생각이 들자 갑자기 긴장되었다. 더 잘해야 할 것만 같은 기분이었다. 그래서 처음에는 조금 긴장하며 강연했다. 하지만 강연을 듣는 사람들의 눈이 너무나도 진심이었다. 나이에 상관없이 나의 이야기를 들을 준비가 된 것처럼 보였다. 그 경험을 통해 누구 앞에서든 너무 잘하려고 애쓰지 말아야겠다고 생각했다. 일주일 뒤 바로 다른 강연장에 가게 되었는데, 거기도 듣는 이들의 나이대가 꽤 높았다. 확인을 마친 나는 경험을 살려서 편하게 내 이야기를 하고자 했다. 잘하려고 하는 마음이 들면 알아채고 내려놓았다. 그렇게 하니 전보다 훨씬 자연스럽게 강연을 할 수 있었다. 강연을 마치고 우리 어머니뻘 되는 분이 다가오셨다. 강연 너무 잘 들었다고 하시며 본인이 운영하는 기관에 강연자로 초청하고 싶다고 했다. 잘하려는 마음을 내려놓으니 그게 통했구나 싶었다.

애쓰지 않는다는 건 내려놓는다는 말이다. 그저 있는 그대로 받아들인다는 의미이기도 하다. 자신을 믿는 일이기도 하다.

나는 관계에 애쓰지 않기 위해서 시절 인연時節因緣 이라는 불교 개념을 적용했다. 시절 인연은 모든 사물의 현상이 시기가 되어야 일어난다는 말을 가리키는 불교 용어로, 인연의 시작과 끝이 자연의 섭리대로 흘러간다는 뜻을 가지고 있다. 굳이 애쓰지 않아도 만날 인연은 반드시 만나게 되고, 피하려 해도 만나게 된다. 아무리 애를 써도 헤어지게 되고, 헤어지지 못하기도 한다. 아무리 잘 지내보려 해도 나를 미워하는 사람의 생각을 바꿀 수는 없다. 굳이 그런 사람들을 찾아가서 '오해니 푸세요!'라고 변명하며 나를 좋아하게 만들려 애쓸 필요가 없다. 아무리 잊지 못할 도움을 받은 사람이라도 연이 끝나면 헤어지기 마련이다. 그러니 어떤 한 사람과의 인연에 전전긍긍하지 않아도 된다. 고마운 사람이라면 그 사람과 함께 했던 지난 시간을 소중히 마음에 담아 두면 그만이다. 너무 상실감을 느끼며 내 삶을 무너뜨리지 말자. 밉고, 원망스러운 대상이라면 그렇게 만날 사람이었나보다 생각하고 흘러 넘기자. 그 사람으로 인해 미래의 내 삶이 불행해지도록 내버려 두지 말자.

글을 쓰려면 어떻게 해야 하는가에 대한 질문에 부코스키도 이렇게 답했다고 한다. 애쓰지 말고 기다리라고. 글을 쓸 수 있는 마음, 상황이 올 때까지 기다리라고. 이것은 불교의 시절 인연 지혜와 맥락이 같다. 나는 서핑하는 사람이 생각났다. 서핑할 때 넘어지지 않으려 애쓰면 안 된다. 파도에 몸을 맡겨야 한다. 서핑을 잘 타는 사람은 온몸에 힘이 들어가지 않는다. 흐름에 자신을 맡긴다. 축구도 골이 어긋나면 해설 위원이 이렇게 말한다. '아 힘이 너무 들어갔어요~' 역시 힘을 **빼야** 한다. 욕심을 내려놓아야 한다. 이것이 내가 원하는 걸 진짜 얻는 방법이다. 힘을 빼고 기대하지 말고 애쓰지 말자. 내 카카오톡 프로필 배경화면은 아래의 문구가 적혀 있는 사진이다. 관계나 목표에 애쓸 때마다 읽고 또 읽는 문장이다. 이 문장이 당신의 삶에 짐도 조금 덜어 줄 수 있기를.

하늘의 구름처럼 흘러가게 하십시오.

거부하지 마십시오.

신은 산과 호수에 계신 것처럼

당신의 운명 안에도 계십니다.

_헤르만 헤세

09

지금보다 더 성장하고 싶다면

어릴 적 집안 사정이 어려웠기 때문에 우리 집이 돈 걱정 좀 안 하고 살길 바랐다. 만화가라는 꿈을 접은 것도 미술은 돈이 많이 들고 돈을 잘 벌기 어렵다 생각했기 때문이다. 배우가 되고 싶었던 이유도 성공해서 부자가 될 거라는 마음가짐이 시작이었다. 많이 소유하면 행복이 따라올 거라 믿었기에 그 부분이 가장 중요한 인생의 과제처럼 여겨졌다. 극단 생활을 할 때 가장 많이 느낀 점이었다. 연극배우로 생계를 꾸려가는 건 어렵다는 점. 그렇기 때문에 나도 어쩔 수 없이 직장 생활을 했다. 직장을 구하기 전에는 다양한 아르바이트를 하며 극단 생활을 병행했다. 그때 부모님의 걱정이 가장 컸다. 그거 해서 뭐 하냐, 비전이 있느냐, 늙어서 굶어 죽는다 등등. 나도 연극하기 위해서는 당장 돈을 벌자는 마음을 버려야 한다고 생각했다. 빈센트 반 고흐나 폴란드의 연출가 예지 그로토프스키처럼 예술적 숭고함을 추구하는 사람에게 가난은 필수 불가결한 것이니까.

그 시기에 예술가 병에 걸려서 자본주의에 대한 불만을 쌓았

183

다. 돈을 추구하는 건 멋이 없다고 생각했다. 그렇게 한 달 벌어 한 달 쓰며 살았다. 30대 넘어서까지 모은 돈이 거의 없었다. 월급을 받으면 극단 유지비, 자기 계발하는 데에 썼다. 그러면서도 불안하지 않았다. 나는 극단 생활을 오래 할 예정이고, 그러다 보면 극단이 언젠간 빛을 볼 거라는 희망이 있었기 때문이다. 그러다 현실성을 좀 길러야겠다고 절실히 느낀 건 극단을 나왔을 때부터다. 그때까지 나는 내 나이를 인지하지 못하고 있었다. 30대 중반을 향해 달리는데도 내 현실적인 상황은 20대 중후반 때나 별반 다를 게 없었다. 꿈을 향해 달려간다는 이유로 주변 또래보다 현실적으로 부족한 건 상관없다고 생각했다. 그런데 극단이라는 꿈이 사라지니 남은 게 하나도 없는 느낌이었다. 아, 현실적인 부분에 너무 안일했구나. 그때 깨달았다.

극단 생활을 할 때도 열심히 살았지만 극단을 나오고 나서는 더욱 열심히 살았다. 틀리지 않았음을 증명하기 위해 애썼다. 텅 빈 통장도 채워야 한다고 생각했다. 그전에는 돈보다 꿈이라 생각해서 돈이 되지 않더라도 모든 일에 열정페이 느낌으로 임했었다. 하지만 이젠 그럴 수 없었다. 돈을 벌기 위해 직장도 연봉이 더 높은 곳으로 이직하고, 그 와중에 유튜브나 강연 활동도 더 열심히 병행했다. 그러니 신기하게 돈이 벌렸다. 약 2년은 그동안 뒤처진 만큼 돈을 모은다고 정신이 없었다. 그때 생애 처음으로 재테크에 관심을 가지기도 했다. 경제 공부도 하고 주식 투자도 했다. 이런 삶이 계속 이어진다면 부자가 되지 않을까 싶었다. 그런데 점점 내 에너지가 고갈되는 게 느껴졌다. 유튜브도 재미있지 않고, 인스타그램도 무의미하게 느껴지고, 강의도 전만큼 열정이 느껴지지 않았다. 앞에서 말한 대로 하도 애를 써서 에너지가 고갈되었다. 열정을 느껴 일을 하던 나에서 돈을 쫓는 나로 점점 변해가고 있었다. 돈을 쫓는 삶은 꿈을 쫓는 삶과 대척점에 있다고 믿었다. 돈을 많이 벌기 위해선 꿈을 포기해야 한다거나 꿈을 쫓기 위해선 부자가 되고자 하는 마음을 버려야 한다고 말이다. 돈과 꿈. 나는 늘 이 둘을 분리했다. '돈과 꿈은 절대로 함께 갈 수 없나?' 나에게 돈은 소유를 의미하고 꿈은 존재를 의미했다. 소유와 존재, 둘 중 어떤 게 더 중요할까? 어떤 걸 추구하는 삶을 살아야 할까? 돈을 위한 삶에 행복이 있을까? 그럼 내 꿈은? 아니면 꿈을 쫓는 삶을 살면 행복할까? 꿈을 쫓으면 생계가 어려워도 과연 행복할까? 그런 의문이 나를 사로잡았다.

아주 예전에 에리히 프롬의 〈소유냐 존재냐〉를 읽은 기억이 났다. 그 당시에는 자본주의에 비관적이고 꿈을 쫓는 게 맞다는 강한 신념으로 읽었기에 그 내용을 내 뜻대로 해석해서 읽었을지도 모른다고 생각했다. 그래서 마음을 가다듬고, 작가의 의도를 제대로 이해해보겠다고 다짐하며 다시 책을 펼쳐 들었다. 에리히 프롬은 인간 삶의 양식에는 두 가지가 있다고 했다. 바로 소유 양식과 존재 양식이다. 책 내용에 의하면 자본주의 사회에서는 더 많이 소유하는 게 행복의 척도가 되었단다. 이 말에는 모두가 공감할 것이다. 내 연봉이 얼마이고, 내 차는 어떤 모델이고, 사는 지역은 어디인지 등에 따라 '나'라는 사람이 판단되는 기분. 그건 마치 '나는 소비한다, 고로 존재한다.'처럼 소비가 곧 나의 존재를 증명하는 시대, 내가 소유한 전부가 곧 나의 정체성인 시대라는 말이 된다. 그렇기에 현대인들은 대부분의 행위를 소유 지향적으로 한다. 예를 들어 학습할 때도 소유 지향적인 방식의 사람은 암기 위주로 학습한다. 왜냐하면 목적이 높은 점수의 소유에 있기 때문이다. 하지만 존재 지향적인 사람은 자신의 관심에 따라 능동적으로 학습한다. 독서할 때도 삶의 양식에 따라 태도가 달라진다. 소유 지향적인 사람은 이야기 전체를 소유하고 싶어 한다. 그래서 줄거리 위주로 읽는다. 한 권의 소설을 다 읽고 나서 줄거리를 소유했다고 생각한다. 반대로 존재 지향적인 사람은 소설 속 인물을 통해 작가의 의도를 파악하고 삶의 통찰을 얻는다. 이 외에도 기억, 권력 행사, 신앙, 사랑, 죽음 등 삶의 다양한 분야에서 소유 양식과 존재 양식에 따라 어떻게 태도가 달라지는지 알려 준다. 이런 내용으로 인해서 〈소유냐 존재냐〉를 읽고 나면 부자가 되려는 마음을 비판하듯 보인다. '자본주의 시대에 사는 사람에게 소유 지향적인 태도를 바꾸라니, 그럼 스님처럼 무소유를 추구하며 살라는 말인가.' 이런 생각이 든다. 나도 처음에는 이렇게 생각했다. 그런데 잘 살펴보면 에리히 프롬은 돈을 비판하는 게 아니다. '돈을 버는 능력이 곧 나의 능력'이라는 물질주의적 생활 양식을 비판하고 있다. 존재 양식대로 살라는 말이 무소유의 삶을 살라는 의미가 아니라 자유와 행복을 누리는 삶을 살라는 의미로 받아들여야 한다.

우리는 모두 부자가 되길 바란다. 승자가 되고 싶다. 나 또한 마찬가지다. 그 방법은 무엇일까? 보통은 열심히 노동해서 아껴 쓰고 잘 모으는 것, 그리고 그 돈을 부동산이나 사업, 주식에 투자해서 불리는 것이라 생각한다. 아침부터 밤까지 열심히 일한다. 월급을 받는다. 대한민국 평균 월급은 약 300만 원이고 통장에 월급이 입금되자마자 스치듯 안녕하며 떠난다. 카드값, 할부금, 각종 공과금으로. 한 달 내내 열심히 일해도 이상하게 풍요는 나와 점점 멀어진다. 일단 돈을 모아야 재테크도 할 텐데, 통장에 돈이 쌓이는 것부터 어렵다. 겨우 돈을 모아서 주식을 사도 문제다. 희한하게 내가 주식을 사기만 하면 바로 떨어진다. 내가 팔면 바로 오른다. 주식으로 돈을 불리는 게 여간 쉽지 않다. 우리가 아는 바로는 열심히 노동하고, 아껴 쓰면 부자가 된다고 했다. 그런데 아무리 열심히 일해도 부자가 되는 건 너무 멀게만 느껴진다. 서울에 아파트를 하나 사고 싶어도 월급을 한 푼도 쓰지 않고 모으면 20년 정도가 걸린다. 대체 왜 이렇게 사는 게 각박할까? 지금 여기서 사회 구조와 체제를 문제 삼는 건 당장 변화를 불러일으킬 수 없으니 빠르게 실천할 만한 부분을 생각해 보자.

자본주의 사회 속에서 우린 어떻게 살아야 할까? 자본주의를 거부하고 산에 들어가서 살아야 하는 것일까? 아니면 '에라 모르겠다! 일단 부자가 될 테야!'라며 죽어라 돈을 벌어야 할까? 돈, 소유가 목적인 삶을 살면 부자가 될 수 있을 것 같지만 사실은 돈의 노예가 된다. 더 소비하기 위해 더 노동한다. 소비를 위해 살게 된다. 그것은 나를 잃는 일과 같다. 왜냐하면 나의 정체성은 소비에 있지 않기 때문이다. 나라는 사람의 가치는 존재 그 자체에 있다. 어떤 일을 하고 어떤 태도로 살며, 어떤 마음가짐을 갖고 있느냐가 나를 증명한다. 돈과 꿈(존재)을 분리하지 말자. 돈을 인생의 목표가 아니라 존재를 위한 수단으로 생각해 보자. 그러면 자아실현과 성취를 위해 자본주의 시스템을 이용할 수 있게 된다. 35평 아파트 월세를 내고, 외제차 할부금을 갚기 위해 직장을 다니는 삶. 그 삶은 돈과 직장의 노예로 사는 지름길이다. 자기 실현을 하고자 하는 사람은 소유하기 위해 일하지 않는다. 투자로 돈을 굉장히 많이 번 지인에게 어떻게 그리 열심히 일하고 공부하느냐 질문했다. 그러니 이런 답이 돌아왔다. 자신이 하는 일이 너무 좋아서 더 잘하고 싶은 마음에 자발적으로 공부하게 된다고. 그래서 더 열심히 일하게 된다고. 그로 인해 더욱 많은 사람에게 긍정적인 영향을 미칠 수 있길 기대하고 그게 큰 기쁨이라 했다. 그분은 개인적인 투자뿐만 아니라 자신이 아는 투자 노하우를 많은 사람과 공유하고자 돈이 되지 않아도 강의했다. 이렇게 더 큰 자기 실현, 자기 효능감, 공헌감, 정체성 획득을 위해 일한다는 건 노동이 급여 이상의 의미를 갖기에 가능한 일이다. 그렇게 일하다 보면 노동했으니 돈이 자연스럽게 따라온다. 나아가면 그 돈에 감사하게 된다. 나는 돈을 위해 살지 않았는데 금전적 보상까지 주어지니 말이다. 어느새 삶의 목적은 더 많은 돈이 아니라 더 많은 성취, 더 깊은 자기 실현이 된다. 그렇게 살아야 하는 이유는 간단하다. 나의 행복과 자유를 위해서니까. 존재 지향적인 삶을 살면 행복과 자유가 따라오는데, 그건 나에게 좋다.

미국의 심리학자 에이브러햄 매슬로우 Abraham Harold Maslow 의 욕구 위계 이론을 한 번 살펴보자. 매슬로우는 욕구에 위계가 있어서 낮은 단계의 욕구가 채워져야 다음 욕구가 채워진다고 했다. 가장 낮은 단계인 생리적 욕구는 의식주, 성욕 등 생활에 필요한 본능적인 욕구이다. 2단계는 안전의 욕구로 외부로부터 자신을 보호하여 몸과 마음의 안전을 지키고자 하는 욕구이다. 불확실한 상황이 아니라 안정적이고 예측할 수 있는 삶을 유지하고자 한다. 3단계는 내가 어딘가에 소속되어 신뢰가 있는 관계를 만들고자 하는 욕구이다. 회사, 동아리, 결혼 등은 이런 욕구를 채우기 위한 부분이라 볼 수 있다. 4단계는 자존, 존경의 욕구이다. 내가 소속된 곳에서 인정받고, 존경받고자 하는 욕구다. 그다음은 자기 실현의 욕구이다. 이 부분은 존재하고자 하는 욕구를 말한다. 자신의 잠재력을 발휘하고, 목표를 성취하고, 성장하고자 하는 욕구다. 1단계에서 4단계까지는 나에게 없는 것을 채우기 위한 욕구, 즉 결핍을 채우기 위한 욕구이다. 그리고 자아실현의 욕구 단계로 가면 정체성을 찾고, 높은 충족을 바라게 되는데 이는 성장하기 위한 욕구다. 단계가 높아질수록 높은 수준의 욕구라 할 수 있다. 그다음으로 초월, 영적 욕구가 있다. 이 단계로 가면 봉사, 기부, 희생에서 즐거움을 얻는 해탈의 단계라고 할 수 있겠다.

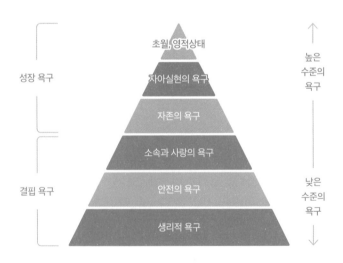

매슬로우는 자기 실현을 이룬 훌륭한 인물들의 삶을 분석했다. 그는 자신의 잠재력을 충분히 발현하여 성장을 위한 삶을 사는 사람은 신경증적 증세가 적고, 대부분 건강한 성격을 갖고 있다는 걸 발견했다. 이 말은 곧 낮은 욕구를 추구하는 사람보다 높은 욕구를 추구하는 사람이 더 행복하다는 걸 의미한다.

돈과 존재의 분리를 멈추자. 그 둘은 함께 갈 수 없는 동떨어진 개념이 아니다. 돈을 소유 지향적 태도로 대할 것인가, 존재 지향적 태도로 대할 것인가의 문제로 생각하면 좋겠다. 존재 지향적 태도로 살더라도 돈은 꼭 필요하다. 돈은 중요하다. 그런데 왜 중요하단 말인가? 당신은 돈을 어떻게 대할 것인가?

돈이 내 꿈, 내 존재를 이루는 수단이기에 중요한 건지, 아니면 돈이 내 인생의 목표, 꿈이기에 중요한 건지. 결정은 당신의 몫이다.

STEP 4

나에게로 조금 더 가까이

01

편견으로부터의 자유

　　이미지에 대한 편견은 늘 존재한다. 누구나 살면서 한 번쯤은 편견 어린 시선을 느낀다. 나 또한 그런 편견으로부터 자유롭지 못했다. 학창 시절에 껌 좀 씹으며 놀았을 것 같다는 이야기도 꽤 들었다. 참고로 나는 튀지 않고 있는 듯 없는 듯 조용하게 지낸 평범한 고등학생이었다. 북튜버 활동을 시작한 뒤로는 책을 읽는 사람에 대한 편견이 따라왔다. 책을 읽는 사람은 이러면 안 되고 저러면 안 된다는 편견. 처음엔 나 자신이 이해되지 않았다. 책을 많이 읽는 사람에 대한 편견을 나 또한 갖고 있었기 때문이다. 책 읽는 사람의 대중적인 이미지는 수수한 분위기에 정적인 취미가 있고, 말도 조곤조곤하게 할 것 같다. 하지만 실제 나는 책 읽는 사람의 이미지와 거리가 멀다. 그럴 만도 한 게 내 이목구비는 자기주장이 강해서 화장을 조금만 해도 인상이 진해 보인다. 그래서 수수한 스타일이 영 어울리지 않는다. 편한 옷보다는 나의 체형에 딱 맞는 옷이 잘 어울려서 그런 종류의 옷을 자주 입는다. 그리고 술도 음식에 어울리는 주종으로 반주하기를 좋아하고, 춤추고 노래하는 것도 좋아한다. 한 가지를 진득하게 하기보다는 새롭고 신선한 분야에 끌린다. 변화를 좋아하고, 지루한 건 잘 못 참는 편이다. 말도 조곤조곤 하기보다 속사포로 말하는 스타일이다. 이런 내가 독서하는 모습은 뭔가 어울리지 않는다고 생각했다. 남들의 시선이 옳다고 믿었다. 그래서 책 읽는 이미지에 나를 맞추려고 노력했다. 화장을 덜 하고, 말투도 더 나긋하게 바꿔 보았다. 어휘도 교양 있는 단어를 사용하고 옷도 수수하게 입었다. 하지만 얼마 지나지 않아 금방 본래의 나로 돌아왔다. 내 옷이 아니었기에 불편함을 참을 수 없었다.

　내가 북튜버인 걸 모르는 사람들이 나에 대해 가지는 편견이 있다. 딱 보면 섬세하고 여성스러워 보이니, 취미나 취향도 그럴 거라고. 대접받는 걸 좋아하는 공주님 스타일일 것 같다는 이야기도 듣는다. 이런 편견이 나쁜 건 아니지만 나와는 정반대라서 문제다. 엄마는 내가 전생에 남자였을 거라 말할 정도로 나는 털털하고 헐렁한 사람이다. 음식은 한식을 제일 좋아한다. 특히 국밥이나 전골 같은 국물 음식을 선호한다. 술은 위스키, 와인보다 소주가 깔끔하게 잘 넘어간다. 관리하기 귀찮아서 내 돈 주고 네일 아트 받아 본 적 없고, 아침 저녁에 씻고 나면 수분 크림 딱 하나만 바른다. 향수도 귀찮아서 잘 뿌리지 않는다. 이렇듯 취미-외모-성격 이 세 가지가 좀처럼 어우러지지 않는다. 온라인을 통해 알게 된 사람과 협업을 할 때면, 만나는 사람들은 나에게 지적이고 교양 있는 모습을 기대하기 마련이다. '저 사람은 분명 나를 책 좋아하는 지적인 사람으로 생각할 텐데, 나랑 대화하다가 가볍다고 느끼면 어쩌지?'라는 걱정을 할 때도 있다. 또 나의 털털한 성격을 아는 가족과 절친들은 유튜브에서의 내 모습을 낯설어한다. 나는 왜 성격과 취미가 이미지와 어울리지 않을까? 한 가지 알게 된 사실이 있다면 편견으로 인한 불편함은 나만 겪는 게 아니라는 것. 세상 모든 사람이 편견에 시달리고 있었다.

사람은 누구나 색안경을 끼고 세상을 본다. 그래서 색안경에 비친 대로 상대를 판단하고 평가한다. 그건 나도 마찬가지였다. 나 자신을 세상의 편견에 맞추려고 했으니 말이다. 색안경은 사람뿐만 아니라 사물이나 현상, 사건 등도 있는 그대로 보기 어렵게 만든다. 한 인물의 진짜 모습은 색안경을 벗어야 볼 수 있다. 이는 인물뿐만 아니며, 세상도 있는 그대로 보려면 끼고 있는 색안경을 벗어야 가능하다. 또 사람들의 편견에서 자유로워지는 방법은 색안경을 낀 자를 비판하는 게 아니라 색안경의 존재를 인정하는 데에 있다. 누구에게나 자신이 만들어 놓은 색안경이 있음을 인정하면 상대의 편견 어린 판단에 의연할 수 있다. 판단에서 자유로워진다는 소리다.

'저런 옷 입고, 저런 화장을 하며 춤을 추는 여자는 뻔하다. 안 봐도 비디오다.'

친구들과 술 마시고 놀기를 좋아하며 화장을 진하게 하면 절대로 책을 좋아할 리가 없다. 옷을 섹시하게 입고 비키니 사진을 올리는 여자는 교양이 없다. 저 행위는 99% 남자를 유혹하려는, 내실을 다지지 않고 겉만 꾸미는 머리가 빈 여자라고 믿어 버리는 게 과연 멋있는 태도일까? 그런 편견이 무서워서 욕먹을까 봐 눈치 보며 내가 좋아하는 스타일을 포기하는 게 지혜로운 걸까?

남에게 피해 주지만 않는다면 내가 무엇을 선호하든 간에 문제 될 건 없다. 내가 하는 모든 행위에 그게 나다운 거라는 확신만 있으면 된다. 나다운 게 가장 아름답다. 누군가는 불편하다고 욕할지도 모르지만 그건 그 사람의 편견 문제다.

이번에 이야기할 것은 내가 쓰고 있던 색안경의 필터를 조금씩 제거해 나간 과정이다. 또 사람들의 편견 어린 시선에서 자유를 찾아 나간 과정이기도 하다. 나이가 들수록 색안경의 색은 짙어질 수도, 옅어질 수도 있다. 색이 짙어질수록 사물 본연의 모습을 확인하기가 힘들어진다. 색안경의 농도를 옅게 만들면 본연의 아름다움을 볼 수가 있다. 내가 나를 바라볼 때도 색안경은 적용된다. 색안경을 빼고 자신을 바라보면 반짝거리지 않는 존재가 없다. 누구나 자신이 보석 같은 존재라는 걸 알아차릴 수 있다. 이걸 믿으면 타인의 편견에서 자유로워질 수 있다. 누가 뭐라 하든 그냥 나답게 살면 그게 정답이다. 이 메시지를 Step4를 통해 전하려고 한다.

당신은 이미 보석이라고.

02

있는 그대로 본다는 것

아름다운 것은 진실을 추구하지 않는 사람의 눈에는 감춰진 채로 보이지 않는 법이다. _안드레이 타르코프스키 〈봉인된 시간〉

내가 가진 편견을 깬다는 게 어떤 건지 잘 보여 준 소설이 있다. 바로 제인 오스틴의 〈오만과 편견〉이다. 그 소설에서 다아시는 자신의 오만함을 깨닫고 반성한다. 부자인 다아시를 편견 어린 시선으로 판단하던 엘리자베스는 다아시의 진심을 느끼고 그 편견을 깬다. 그로 인해 둘은 서로를 있는 그대로 보고 온전한 마음을 주고받게 된다. 단단한 고정 관념이 깨지니 진심을 느낄 수 있게 되었다. 심리학적으로 보면 고정 관념이 생기는 이유는 깊은 생각을 하지 않으려 하기 때문이다. 가지고 있는 편견에 따라 쉽게 믿어 버리니 생각이 닫히는 것이다.

이 소설을 읽고 편견으로 누군가를 섣불리 평가했던 내 모습이 떠올랐다. 이미지만 보고 이럴 것이다, 저럴 것이다 판단하는 여느 사람처럼 나 또한 그랬다. 빠르고 편하게 판단하며 깊이 사유하지 않았다. 내 경험과 사회적 통념에 따라 상대를 평가했고,

내 안에서 그 사람에 대한 결론이 나면 더 이상 알려고 하지 않았다. 한 번 나쁜 사람이라는 인식이 박히면 그 사람이 어떤 행동을 해도 좋게 보이지 않았다. 좋은 행동을 해도 그 의도는 분명히 나쁠 거라 생각한다. 그래야 내 판단이 틀리지 않다는 게 증명되니까. 만약 당신이 이런 나와 같을지라도 괜찮다. 지금부터라도 조금 더 열린 사람이 되어 보자.

편견 없이 세상을 바라보면 나를 불편하게 만드는 일이 줄어든다. 그런 사람도 적어진다. 그래서 마음이 편안해진다. 사람들에게 더 자주 친절히 행동하게 된다. 운전 중 급하게 끼어든 사람도 인성이 본래 나쁜 사람이 아니라, 지금 그럴 수밖에 없는 이유가 있는 그저 급한 사람이 된다.

'저는 주변에 좋은 사람이 참 많아요.'라고 말하는 사람이 있다면 그 사람은 인복이 많은 게 아닐지도 모른다. 주변 사람들을 편견 없이 바라보기에 공격받지 않고, 그렇기에 여유롭고 친절하게 사람들을 대할 수 있다. 그 덕에 사람들은 그에게 저절로 좋은 사람이 되는 것이다. 이건 내가 겪은 경험이다. 예전에는 내 주변에 적이 가득했다. 나를 편견을 갖고 보는 사람들을 미워하고, 내가 가진 편견으로 사람들을 미워했다. 마음의 여유가 없었다. 방어적으로 사람들을 대했다. 그러니 사람들도 나에게 곁을 잘 주지 않았다.

이런 상황이 색안경을 벗는 것만으로 180도 바뀌었다. 나를 불편하게 하는 타인의 행위는 타인의 문제로 결론 내리기보다는 나의 어떤 편견이 나를 불편하게 만들었다고 생각했다. 그러면 늘 이유가 있었다. '이런 일을 하는 사람은 저러면 안 돼.' 이런 생각이 자리 잡고 있었다. 생각이 바뀌자 사람들은 모두 나에게 친절해졌다. 이유는 간단하다. 내가 열린 마음으로 친절하게 다가갔기 때문이다. 자신에게 친절하게 대하는 사람을 공격하는 사람은 별로 없다. 만약 친절히 대하는데도 공격한다면 그냥 그 사람은 조용히 피하면 그만이다.

부자는 오만하다. 엄친아는 돈을 헤프게 쓴다. 어려움을 모른다. 있는 놈이 더 한다. 돈을 많이 번 사람은 뒤에서 다른 짓을 했을 거다. 공부만 하는 사람은 놀 줄 모른다. 예쁘장하게 생긴 남자는 제비다. 등등 세상에는 다양한 편견이 존재한다.

물론 확률적으로 그 편견이 맞을 가능성도 높기는 하다. 아까도 말했듯이 편견에 맞춰서 판단을 내리는 건 아주 쉬운 일이다. 깊이 관찰하고 사유하지 않아도 되기 때문이다. 빠른 판단으로 A인지 B인지 판단 내리고 결정하는 게 똑똑해 보일지 모른다. 하지만 이런 판단은 AI 같은 판단이다. 인간적이지 못하다. 조금 더 애정을 담아 보자. 10년을 같이 살아도 낯선 모습을 발견하는 부부도 있다. 섣부른 판단은 상대의 새로운 면을 발견하는 기쁨을 앗아 간다. 그래서 열린 마음이 빠른 판단보다 훨씬 나은 것이다. 내가 아직 상대를 다 알진 못한다는 생각이 겸손이다. '저 사람은 원래 저래요.', '예전부터 저랬어요.', '절대 안 변해요.', '내가 다 알아요.' 이런 말은 상대를 존중하지 않는 행위이고 스스로를 깎아내리는 멘트이기도 하다.

이제 우리가 취해야 할 행동은 하나다. 엘리자베스처럼 편견에 가득 차서 어리석게 굴었다는 걸 인정하는 일. 자신의 잘못을 인정하고 받아들이면 분명 변화는 일어난다. 당신을 있는 그대로 보겠다고 선언해 보자. 영화 〈아바타〉의 나비족 인사처럼 'I see you'라고 되뇌어 보자. 우리가 벗어야 할 색 필름은 수십 장, 수백 장이 될 수 있지만 하나씩 벗기다 보면 점점 투명해지는 때가 온다. 세상의 아름다움을 있는 그대로 바라볼 날이 온다.

그러니 늘 열려 있자. 나에게도, 타인에게도, 그리고 세상에도.

03

집단 무의식에서 해방되기

무의식에는 내가 살아온 삶을 통해 쌓인 콤플렉스와 그림자만 있는 게 아니다. 인간이기 때문에 가질 수밖에 없는 집단 무의식이 존재한다. 그러니까 내가 태어나기 훨씬 전부터 인류의 역사를 통해 내 유전자에 쌓인 무의식이라고 이해하면 된다. 신화나 예술, 문화 등 말이다. 누가 가르쳐 주지도 않았는데 본능적으로 뱀을 무서워한다. 어두운 곳을 꺼린다. 산과 바다 같은 자연으로 가면 좋고, 워터파크에서 물놀이하면 즐겁다. 불멍과 물멍을 하면 심신이 평온해진다. 업무나 학업의 압박이 심하면 누군가에게 쫓기는 꿈을 꾼다. 이런 건 누가 알려 주지 않는데 어떻게 아는지 궁금할 수 있다. 인류가 물려준 이 정보들은 우리의 DNA에 쌓여 있는 본능적인 감각이다.

이 집단 무의식에는 아니무스와 아니마가 있다. 아니무스는 모든 여성에게 있는 남성성을 뜻하고, 아니마는 모든 남성에게 있는 여성성을 의미한다. 우리 모두가 아니무스, 아니마를 타고난다. 칼 융은 정신적 성숙은 여자, 남자라는 사회적 역할을 뛰어넘을 때 이룰 수 있다고 했다. 그럼 우리가 보편적으로 생각하는 여성성, 남성성을 생각해 보자. 남자는 이래야 해, 여자는 이래야 해. 우리가 타고난 성에 따라오는 편견이 정말 많다. 뿐만 아니다. 한국 사람이라면 이래야 하고, 어른이라면 저래야 하고, 이 나이에는 그러면 안 된다는 인식이 줄줄이 따라온다.

으레 그래 왔기에 따른다거나 누구나 그렇기에, 사회 풍토가 그렇기 때문이라 생각하며 따라가면 참 쉽다. 누군가 옳은 길을 만들어 놓은 것만 같다. 그 길을 따라가면 우리는 사유할 필요가 없다. 당연하게도 편리하니까. 그런데 거기에는 중요한 부분이 빠져 있다. 바로 성장과 자유가 없다는 것이다. 사회를 바꿀 수 없으니 우리가 사회를 보는 시각을 바꾸면 진정한 자기에 이를 수 있지 않을까? 그런 마음으로 내 눈앞에 있는 사회적 편견, 개인적 편견을 벗겨 나갔다. 아직도 내 앞에 색지가 양파처럼 겹겹이 쌓여 있지만, 아직 젊으니 시도해 볼 가치는 있다고 생각한다. 이 글이 당신의 색안경을 자각하고 깨닫는 데에 도움을 준다면 정말 기쁠 것 같다.

04

세상의 모든 이분법

이거 아니면 저거. 흑 아니면 백. 선 아니면 악. 성공 아니면 실패. 여자 아니면 남자. 세상에는 참 많은 이분법이 존재한다. 너와 내가 감정이 상하는 이유 중 하나는 나는 맞고 너는 틀리기 때문이다. 너와 내가 가까워질 수 없는 이유는 나는 성공했고 너는 실패했기 때문이다. 너와의 대화가 불편한 이유는 나는 찬성하지만 너는 반대하기 때문이다. 이런 이분법적 사고가 어떻게 생활에 스며들어 있는지 살펴보자.

한 변호사가 있다. 그 사람은 집안 사정이 어려워 제대로 사교육을 받지 못했다. 하지만 그 가난에서 벗어나기 위해 혼자 몇 배는 열심히 공부했다. 그래서 명문대 법학과에 들어갔다. 집에서 학비를 보태 줄 수 없기에 갖은 아르바이트를 하며 학비를 충당했다. 죽어라 일해서 로스쿨까지 나왔다. 그렇게 시간이 지나 드디어 대형 로펌의 능력 있는 변호사가 되었다. 사람들은 이 사람에게 박수를 친다. 정말 대단하다고 칭찬한다. 본인도 스스로가 굉장히 잘 살아왔다고 생각한다. '자신이 성공한 것은 치열하게 살아온 덕분이다.' 여기까지는 아무런 문제가 없다. 말 그대로 대단한 사람이다. 그런데 그 사람이 유유자적한 삶을 사는 한 젊은이를 만났다. 누가 봐도 한량이다. 하루 벌어 하루 산다고 한다. '인생 뭐 있냐!' 외치는 젊은이를 보며 그 변호사는 속으로 생각한다. '정말 나태한 사람이군. 삶은 치열한 것인데 저렇게 한량처럼 살다니, 한심하다.' 또 이런 생각까지 한다. '내가 저 친구에게 그렇게 살면 안 된다는 걸 알려 줘야겠어.' 그래서 변호사는 젊은이에게 하나하나 가르쳐 준다. 한 시간도 허투루 쓰면 안 된다, 열심히 살아야 보상이 온다, 네가 아직 세상을 모른다는 등 다양한 말로 가르치지만 한량은 변할 기미가 보이지 않았다. 그 모습을 보며 나태한데 고집까지 세다는 생각을 하는 변호사다. 그 변호사는 자신이 치열하게 살아온 덕분에 성공을 거머쥐었다고 생각한다. 성공이란 노력하지 않는 사람에게 오지 않는다. 치열하게 노력하지 않는 사람은 성공할 수 없다. 변호사가 된 후로 로펌의 온갖 사건을 도맡아 한다. 집안에 보탬이 되어야 하고, 슬슬 결혼까지 해야 하니 신혼집도 필요하다. 원하는 걸 이루려면 더 열심히 살아야 한다. 그렇게 열심히 살고 있던 어느 날, 한량 같은 젊은이의 소식을 듣게 된다. 유유자적하게 인생을 즐기려 무일푼 여행을 다닌 경험으로 유튜브를 시작했는데 구독자가 몇십만 명이 되어 책까지 출간했단다. 그 덕에 돈을 어마어마하게 벌었다고 한다. 변호사는 생각한다. '그 나태한 친구가 드디어 정신 차리고 열심히 일했나 보구나.' 그는 한량의 유튜브를 확인했다. 그런데 변한 건 하나도 없었다. '인생 대충 사세요. 하고 싶은 거 하면서 살아도 됩니다. 하기 싫으면 하지 마세요!'라는 말을 하고 있었다. 변호사는 화가 났다. 한량의 성공 이유는 운이라 생각한다. 그 한량의 성공을 절대 인정할 수 없다. 왜냐하면 성공은 치열하게 노력해야 얻을 수 있다고 굳게 믿기 때문이다. 자신은 맞고, 한량 친구는 틀렸다. 그런데 운으로 성공한 친구가 마치 그게 성공 공식인 마냥 떠들고 있으니. 변호사는 한량 친구의 성공을 축하하지도 인정하지도 못한다. 축하는커녕 화가 날 뿐이다. '자신의 성공 공식이 옳기에 다른 사람의 성공 공식을 인정할 수 없다.' 문제는 이런 생각에서 시작된다. 인생은 무조건 애써서 노력해야 성공할 수 있다는 믿음을 가진 사람은 그렇지 않은 사람을 인정하지 못한다. 오히려 틀렸다고 생각한다. 중간이 없는 모 아니면 도, 그 둘 중 하나여야만 한다.

흑과 백처럼 둘로 나누는 방식은 사고하기에 편하다. 하루를 낮과 밤으로 나누어 보자. 얼마나 편한가? 그런데 하루를 잘 지켜보면 세세한 변화 과정을 확인할 수 있다. 동이 틀 때는 새벽이다. 새벽이 지나 해가 중천으로 옮겨가면 대낮이 된다. 그러다 서서히 해가 저물어 가는 초저녁이 되고, 점점 어두워지는 과정에 저녁이 된다. 완전히 어두워지면 밤이 된다. 이 중 정확한 낮은 언제고 정확한 밤은 언제일까? 과연 하루를 낮과 밤 두 가지로 구분할 수 있다고 말할 수 있을까?

흑과 백도 마찬가지다. 흑은 어둡고, 백은 밝다. 하지만 그 사이에 회색이라는 중간색도, 더 밝은 회색, 더 어두운 회색도 있다. 흑과 백은 그림 1처럼 두 개로 구분되는 게 아니라 그림 2 처럼 그 사이의 무수한 회색도 포함해야 한다.

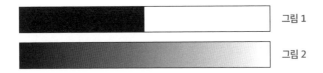

그림 1

그림 2

여기서 내가 이분법적 사고를 하는 사람이고 가정해 보자. 나는 흑이 옳다고 생각한다. 그럼 이분법에 의해 내가 맞다고 생 각하는 부분인 흑이 50%를 차지하게 된다. 그리고 나랑 반대되 는 백이 옳다고 하는 사람은 50% 이니 틀린 사람이 절반이라고 생각할 것이다.

흑인 부분   흑이 아닌 부분

그런데 실제 현실은 흑과 백 사이 무수한 회색으로 이루어 져 있다. (그림 2가 그 예시이다.) 흑이 옳다고 생각해도 90% 농도의 흑이 옳다고 생각하는 사람과 60% 농도의 흑이 옳다고 생각하는 사람은 존재하기 마련이니까. 순수한 흑색인 100% 흑의 부분은 정말 일부분이다. 그래서 내가 느끼기엔 나 이외 대다수의 의견이 틀린 것처럼 느껴지게 된다.

흑인 부분   흑이 아닌 부분

그렇기 때문에 이분법적 사고를 하면 세상에 적이 많아진다. 틀린 사람이 한가득이기 때문이다. 잘못 살고 있는 사람이 득실거린다. 그런 세상에 살면 나라도 비관적으로 변하고, 긍정적인 인간관계를 맺기 어려울 듯하다. 우리는 세상이 흑과 백 두 개로 나누어진 게 아니라 그사이 흑백의 비율이 수없는 회색으로 이루어져 있다는 걸 이해해야 한다. 또 그렇게 형성된 세계에는 옳고 그른 부분이 없다. 그저 다를 뿐이다.

MBTI가 유행한 후로 사람들은 틀린 게 아니라 다른 거라는 걸 이해하기 시작했다. 동생은 F 성향이고, 나는 T이다. 동생이 오늘 겪은 힘든 일을 털어놓으면 나는 해결책을 이야기한다. 그러면 동생은 나를 공감 능력이 부족하고 자신을 이해 못하는 언니라고 했다. 나중에 MBTI를 알고 나서는 '언니는 T 성향이 나보다 강해서 해결책을 제시하는구나.'라고 생각한다. 틀린 게 아니라 성향이 다른 것임을 이해하였다. 나 또한 동생이 너무 감정적으로 의지하려는 게 불편했다. '왜 저렇게 공감받으려고 하지? 중요한 건 해결책인데.'라고 생각했지만 이제는 안다. 동생에게 필요한 건 해결책이 아닌 감정을 알아주는 공감이었다는 걸. 어떤 행동이 관계에 더 좋은 영향을 미치는지는 안 봐도 비디오다. A는 맞고 B는 틀렸다는 사고보다 A와 B 둘의 가능성을 모두 열어 놓는 사고가 훨씬 관계에 긍정적이다. 특히 이 흑백 논리, 이분법적 사고는 우리의 색안경을 짙게 만드는 원인이다. 다양한 상황을 흑백 논리로 판단하면 내 색안경은 짙어진다. 두터운 색 필름을 여러 장 장착하고 세상을 보게 된다. 우리 조카는 어릴 때 눈물이 많았다. 조카가 울 때마다 주변 어른들은 매번 한결같이 말하고는 했다. '남자는 울면 안 되는 거야. 강한 남자는 절대 눈물을 보이지 않는 거야.' 그러면 곧 조카도 눈물을 흘리다가 '남자는 우는 거 아니지.'하며 닦아 냈다. 조카에게는 하나의 색안경이 씌워졌다. '우는 남자는 약하다.'는 판단이 추가된 거나 마찬가지다. 이 인식이 조카가 살아가는 데에 긍정적인 영향을 미칠까, 아니면 부정적인 영향을 미칠까? 우리가 편견에서 자유로워지려면 '이분법적 사고와 흑백 논리'를 해결해야 한다.

1 이분법적 사고에서 해방되기: 세상은 '이것' 아니면 '저것'으로 구분되어 있지 않다. '이것'과 '저것' 사이에 무수히 많은 '어떤 것'이 존재한다는 걸 이해해야 한다.

2 흑백 논리에서 벗어나기: 내가 '이것'을 맞다고 생각하면 '저것'은 틀린 게 된다. 내가 맞다는 믿음보다는 이것을 더 좋아하고, 마음이 간다고 생각해 보자. 그럼 저것을 좋아하는 사람을 틀렸다고 보지 않게 된다.

3 색안경 벗기: '이것'과 '저것'을 구분하는 이분법적 사고는 내가 생각한 게 맞다는 흑백 논리를 쌓이게 한다. 그 결과로 색안경은 짙어지게 된다. 색안경이 짙을수록 있는 그대로의 아름다움을 보기 힘들어진다.

05

선과 악의 세계

창세기 4장 1절~16절에 인류 최초의 살인 이야기 〈카인과 아벨〉이 있다. 아담과 이브가 자녀를 낳았는데 그중 첫째가 카인, 둘째가 아벨이다. 카인의 직업은 농부, 아벨의 직업은 양치기다. 어느 날 신이 그 둘에게 제물을 바치라고 했다. 그래서 카인은 땅에서 거두어들인 농작물을, 아벨은 양 중에 가장 맏배와 굳기름을 제물로 바친다. 그런데 신은 아벨의 제물만 받고 카인의 제물은 받지 않았다. 카인은 화가 났다. 그런 카인에게 신은 죄악을 잘 다스리라고 한다. 신의 말씀을 들은 카인은 더욱 화가 나서 주체하지 못하고 동생 아벨을 들판으로 데려가 돌로 때려죽인다. 결국 카인은 그 땅에서 쫓겨난다. 동생을 죽인 카인은 앞으로 만나는 사람들이 자신을 죽일지도 모른다는 두려움에 휩싸인다. 하나님은 그런 카인에게 표식을 남겨 준다. 앞으로 카인을 만나는 사람들이 카인을 죽일 수 없게끔 말이다.

이 이야기를 보면 누가 봐도 카인은 나쁜 놈이고 아벨은 착하고 불쌍한 놈이다. 이 카인과 아벨 이야기는 소설 〈데미안〉

에 등장한다. 같은 수업을 듣게 된 데미안과 싱클레어가 카인과 아벨 수업을 듣고 이야기를 나누는 장면이 나온다. 데미안은 이 카인과 아벨의 이야기에 대해 사실 카인은 다른 사람보다 비범하고 대단했을 수도 있다고 말한다. 이게 무슨 말인가? 동생을 죽인 살인자에게 비범하고 대단하다니. 말도 안 되는 소리였다. 그런데 데미안은 혼란스러운 싱클레어에게 계속 이야기했다. 카인이 살인자이니 당연히 처벌해야 하는데 그러지 않은 이유가 무엇이겠냐고. 사람들은 카인을 처벌하려 했으나 그가 너무 비범하여 겁먹고 실행하지 못했다. 그러나 스스로 겁쟁이라 말할 수는 없는 노릇이었다. 그러니 카인은 악인인데 하나님이 표식을 주어 죽이지 못했다고 입을 모은 것이다. 또 아벨은 죽여야할 못난 놈이었기에 카인이 죽였을 가능성도 있다. 어쩌면 카인은 영웅일지도 모른다. 이런 데미안의 말을 통해 죽일 놈이던 카인은 비범한 힘을 가진 인물이 되었다. 카인은 악인, 아벨은 선인이라 굳게 믿고 있던 싱클레어는 그 발언을 신성 모독이고 극악무도한 생각으로 여긴다.

이분법적 판단으로부터 탈피하기에는 〈데미안〉이 최적이다. 왜냐하면 첫 소제목부터 '두 세계'로 시작하기 때문이다. 싱클레어는 곱게 자란 부잣집 아들이다. 10살까지 밝은 선의 세계에서 살았다. 그리고 그 세계에 맞닿아 있는 또 다른 세계가 있다. 하녀, 직공들이 있고 무시무시하며 살인과 스캔들 등이 난무하는 어두운 세계, 바로 악의 세계다. 싱클레어는 자신이 속한 선의 세계와 그에 반대되는 어두운 악의 세계를 구분하길 좋아했다. 모든 걸 선과 악으로 구분하여 판단하는 모습도 나온다. 그런데 싱클레어가 크로머라는 악의 세계에 빠지게 된다. 그때 등장하는 게 데미안과 나눈 '카인과 아벨' 이야기이다. 이 장면은 선과 악의 구분이 붕괴되는 부분이기도 하다. 선입견, 편견, 자신이 옳다고 믿는 신념이 깨지는 과정이 잘 그려진다. 자신의 고정 관념을 뒤흔든 데미안으로 인해 혼란을 겪지만, 나중에 싱클레어는 데미안의 말을 이해하게 된다. 대다수가 맞다고 굳게 믿는 이야기도 달리 볼 수 있고, 비판할 수 있다는 점을 말이다. 데미안에는 양극에 있는 두 세계의 경계가 허물어지는 상징적 표현이 자주 등장한다. 묘사되는 데미안의 모습은 어린아이 같기도 하고, 어른 같기도 하다. 여자 같기도 하고, 남자 같기도 하며 어떻게 보면 무섭기도 하고, 멋있기도 하다. 세계는 양극에 있는 그 두 세계가 함께 공존함으로써 완성된다. 선만 있는 세계는 완전하지 않다. 늘 맑은 날씨만 있는 건 말이 되지 않는다. 에너지의 균형을 이루기 위해 양극의 세계는 존재할 수밖에 없다. 그건 자연의 이치와도 같다. 비가 와야 맑은 날이 온다. 여름이 와야 겨울이 온다. 남자만 있는 세상은 있을 수 없고, 여자만 있는 세상도 없다. 내가 원하든 원하지 않든 악은 있기 마련이고, 악이 있기에 영웅이 존재할 수 있다. 이 두 세상이 어우러진 게 바로 세계다.

새는 알에서 나오려고 투쟁한다. 알은 세계이다. 태어나려는
자는 하나의 세계를 깨뜨려야 한다. 새는 신에게로 날아간다.
신의 이름은 아브락사스. _헤르만 헤세, 〈데미안〉

우리에게 끼워진 고정 관념, 편견, 선입견을 벗기는 과정과 비슷
하다. 세상이 주입한 그림자 shadow, 아니무스 animus, 아니마 anima
등의 알을 깨고 우리는 진정한 자기 self 로 나아가야 한다. 나는 싱
클레어가 곧 데미안이라 생각했다. 자신의 내면 깊은 곳에 있는 참
나 말이다. 칼 융은 인생의 목적이 진정한 자신을 찾아가는 자기
실현이라고 했다. 아리스토텔레스 또한 행복은 개인 잠재력을 실현
하기 위해 목표를 정하고, 자아를 실현하기 위한 과정에 있다고 했
다. 진정한 자기로 나아가는 여정이 인간에게 고귀한 목표일 수 있
다는 걸 불교 철학을 공부하면서 더욱 확신하게 되었다.

헤르만 헤세와 칼 융은 실제로 가까운 사이였다. 헤세가 신
경 쇠약과 우울증을 앓았을 때 칼 융에게 심리 분석을 직접 받
았다고 한다. 이렇게 융의 심리학에 도움을 받아 정서적 문제를
극복한 일화는 널리 알려진 사실이다. 둘은 추구하는 삶의 의미
가 닮아 있었다. 바로 '진정한 나를 찾아가는 삶, 진짜 나로 살아
가는 것'이다.

06

명상의 가르침

    학창 시절 과학이나 수학에 나름 재미를 붙였다. 수학의 정석에 있는 높은 난이도의 문제를 풀기 위해 하루 종일 붙잡고 있던 적도 있다. 그 결과 문제를 풀었고, 학원 학생 중에 해당 문제의 정답을 풀이해 온 사람은 내가 유일했다. 대학교에 가서도 열역학이나 물리, 대학 수학 시험에 답안지를 문제 풀이로 빼곡히 채우는 데에서 즐거움을 느꼈다. 그래서 나는 좌뇌가 발달한 성향이라 생각했다. 그러다 20대가 넘어서는 문학에 빠졌다. 민음사 세계문학 전집을 모으는 재미도 쏠쏠했다. 꽤 오래 책을 읽다 보니 우뇌가 발달한 듯했다. 지금은 좌뇌, 우뇌 테스트를 하면 반반이 나온다. 나는 공상, 상상하는 일 또한 좋아한다. 그러다 보니 오컬트나 사주, 타로, 점성 등 다른 사람들이 잘 믿지 않는 영성적인 분야에 꽤 관심이 있는 편이다. 이게 유전적인 영향이 있는 건지 모르겠지만 우리 엄마의 이모할머니께서 사람들의 기원을 올려 주는 무당 같은 일을 했다고 한다. 우리 엄마는 꿈이 잘 맞는데, 이와 관련된 일화가 하나 있다. 개명할 이름을 받으러 철학관에 가던 날, 오전에 엄마와 통화를 했다. 엄마가 어젯밤에 꿈을 꿨는데 꿈에 지읒, 시옷이 보였다고. 그래서 나보고 ㅈ, ㅅ이 들어간 이름이 있으면 그걸로 바꾸라고 당부했다. 그렇게 철학관에서 뽑아 준 이름은 두 개였는데 그게 진서, 준서였다. 그 두 이름에 모두 ㅈ, ㅅ이 포함되어 있었다. 엄마의 꿈이 맞아떨어진 일은 이 외에도 아주 많다. 이런 환경에서 자라 와 그런지 영적인 부분에 거부감이 별로 없다. 가끔 철학관에 가서 신년 운세나 사주를 보기도 했다. 그런데 사주 한 번에 저렴하면 5만 원, 비싸면 10만 원이나 하니 큰마음을 먹고 가야 했다. 그 돈이 조금 아까워서 내가 직접 사주 명리 공부도 했다. 나름 열심히 공부해서 내 사주 정도는 직접 볼 수 있게 되었다.

내가 명상을 배우게 된 이유에는 이런 내 성향이 영향을 미친 게 틀림없다. 명상을 제대로 배우기 전에는 오컬트나 사주 명리 등에만 관심있었지, 종교에 대해 깊이 생각해 본 적은 없었다. 그런데 명상 지도 자격증 과정 강의에서 만난 강사님이 불교 대학 교수님이자 스님이다보니 자연스레 불교 철학에 관심이 생겼다. 내가 명상을 제대로 알려면 그 학문의 뿌리에 대해 어느 정도 지식이 있어야 한다고 생각했다. 〈티벳사자의 서〉, 〈우파니샤드〉 등 명상의 뿌리를 찾아 책을 읽었다. 내가 아는 수준은 대중적으로 널리 알려진 정도겠지만 기본적인 지식만으로도 불교 철학은 삶을 풍요롭게 해 줬다. 내가 불교 철학을 이야기하는 이유는 학문적 깊이가 아닌 그 공부가 나에게 큰 깨달음을 주었기 때문이다. 내가 아는 정도만으로도 삶에 평온과 풍요가 따라오니까. 내적 성장과 더 큰 자유가 여기에 있다는 것도 알 수 있다. 불교 철학을 공부하거나 명상한다고 불교 신자가 될 필요는 없다. 나 또한 불교 신자가 아니다. 하지만 석가모니의 가르침은 모든 사람에게 적용되기도 한다. 인간이라면 누구나 이 가르침이 필요하다.

07

진정한 나를 만나는 시간

여기까지 읽은 독자라면 칼 융의 전체 정신 구조를 이해하고 있을 테니 이제 자아 ego 와 자기 self 가 무엇인지 안다. 이 구분이 명확할수록 불교 철학을 이해하는 데 좋다. 불교 철학을 이야기하는데 왜 칼 융의 이론이 나오는지 궁금할 수도 있겠다. 칼 융은 종교, 신화 등에 관심이 깊었다. 또한 불교와 노자에 심취했다고도 한다. 그래서 칼 융의 목표인 자기를 찾는 것(개성화 과정)은 불교사상인 참나, 무아를 경험하는 것과 연결된다. 칼 융은 티벳 최고의 경전인 〈티벳사자의 서〉를 서양 철학이 따라갈 수 없는 높은 차원의 정신 과학이라고 평가했다.

이런 분야를 공부하면서 나에 대해 알게 된 부분이 있다. '진짜 나는 그 어디에도 없다. 역설적으로 어디에든 존재한다.'라는 진리를. 우리는 내 생각이 나라고 믿는다. 또는 내 감정이 나라고 믿는다. 내 이름이 나이고 내 직업, 내 성별이 나이다. 그럼 진짜 나는 누구인가?

36살, 변진서, 책을 쓰고 있는 사람, 북튜버, 인플루언서가 나다. 그렇다면 30살의 나는 내가 아닌가? 개명하기 전의 나는? 책을 쓰지 않을 때의 나는 내가 아닌가? 아니다. 그때의 나도 나다. 현재 변진서 이전에도 나는 존재했다. 우선 진짜 나에 대해 알아가기 전에 관련 용어를 명확히 이해하면 좋겠다. 칼 융이 말하는 자기 self 는 참 자아, 또는 '참나'라고 할 수 있다. 그것은 외부적인 영향, 또 무의식의 영향에서 벗어나면 존재하는 '진짜 나'다. 또 불교에서는 모든 감정과 생각에서 벗어난 상태를 무아지경이라고 하듯, 그 내면 깊이 있는 참 자아를 '무아'라고도 한다. 그런데 여기서 생기는 오해가 있다. 무아 無我, no-self 란 석가모니가 깨달음을 얻고 설파한 가르침이다. 그대로 해석하면 '내가 없다' no-self 를 의미하는데, 참나나 자기 self 는 내가 있는 상태를 말하니 서로 다른 말이라 이해하면 쉽다. 그런데 무아에서 의미하는 아 我 는 참나가 아니라 자아 自我 를 의미한다. 그러니까 의식 세계의 중심에 있는 자아, 에고가 없다는 뜻이다. 내 생각, 몸, 느낌, 감정, 감각을 의식하는 나는 참나, 자기 self 가 아니다. 자아이자 에고가 그 행동을 취한다.

부처님은 괴로움이 생기는 이유가 인간에게 여섯 가지 감각 기관이 있기 때문이라고 했다. 이 여섯 가지 감각 기관은 눈 眼根, 귀 耳根, 코 鼻根, 입 舌根, 몸 身根, 뜻 意根 이며 안이비설신의 眼耳鼻舌身意 라고 표현한다. 그래서 우리가 괴로움에서 벗어나려면 안이비설신의를 인식하는 나를 나라고 느끼면 안 된다 하셨다. 내 생각은 내가 아니고 내 몸도 내가 아니다. 왜 그래야 할까?

　의식 세계의 중심에 있는 나(자아)는 외부 세계와 무의식의 세계 사이에 있다. 그래서 외부 세계의 자극에 따라 무의식이 의식 세계로 다른 감정과 생각을 불러일으킨다. 외부 세계에 어떠한 태도를 취하도록 하는 것이다. 그러니 자아는 고정된 실체가 아니라 늘 변한다. 15살의 변진서, 20살의 변진서, 지금의 변진서는 늘 나였지만 변했다. 시간의 흐름에 따라 변했으니까. 어제의 내 감정, 오늘의 내 감정도 다르다. 고정되지 않는다. 같은 음식을 먹어도 예전에 먹었을 때와 지금 먹을 때 맛을 다르게 느낀다. 이렇게 몸과 마음은 고정되지 않고 계속 변한다. 마치 하늘의 구름처럼 말이다. 지금 하늘에 구름이 있다면 계속 지켜보자. 정지 상태로 멈춘 듯 보이지만 꾸준히 움직이고 있다. 10분 뒤 다시 하늘을 보면 10분 전에 보았던 구름은 없어졌거나 모양이 바뀌어 완전히 다른 모습을 하고 있다. 이렇게 자아는 고정되지 않고 계속 변한다. 하늘에 떠 있는 구름처럼 우리의 생각도, 감각도, 감정도, 신체도 끊임없이 달라진다. 그렇기에 지금 이 순간의 생각, 감각, 감정, 신체가 나라고 할 수 없다는 것이다. 그러면 왜 이 부분들을 '나'와 동일시하면 괴로워지는 걸까? 예를 들어 '나'라는 인식은 '너'라는 대극 對極 의 개념을 만든다. 앞에서 이야기한 이분법적 사고에 의해 너와 내가 분리된다. 너와 내가 분리되어 있다는 느낌은 불안, 두려움 등의 부정적인 감정을 일으킨다. 그래서 분리된 너를 나와 동일하게 하려고 한다. 즉, 미리 만들어진 틀에 끼워 맞춰 나와 똑같이 생각하고 느끼도록 일체감을 형성한다. 인간이 괴로움에서 벗어나기 위해 제일 먼저 해야 하는 수행은 자아가 내가 아니고 인식하는 자가 내가 아님을 알아차리는 일이다.

지금까지 내면 아이를 바라보고 사회적 편견에 시선을 던진 것은 자아가 아닌 참나를 만나기 위한 과정이었다. 상처 입은 영혼은 자아이고 색안경을 끼고 있는 것도 자아이다. 그러니 우리가 한 연습은 참나가 되어 자아를 인지하는 훈련이 되겠다. 자아를 나라고 느끼지 않고 제삼자의 입장에서 바라보는 연습을 한 것이다. 그렇게 하면 일체감을 느낀다. 이 세상과 나는 분리된 게 아니라 하나라고. 우리 모두에게는 무의식 세계의 중심에 참나, '자기'가 있다. 하지만 자아 ego 가 나라고 믿고 살았기에 참나라는 존재를 인식 못하게 되었다. 자아를 알아차리고, 자아가 내가 아님을 깨닫고 자기 self 로 나아가는 길, 즉 자기 실현은 행복으로 가는 길이다.

나도 아직 경험해 보지 못했지만, 부처의 가르침에 의하면 무아 상태를 경험하면 세계와의 일체감을 느낀다고 한다. 그것은 곧 사랑이다. 너와 나는 하나이며 과거와 현재, 그리고 미래는 하나다. 이렇게 동시성을 느끼면 타인이라는 개념이 생길 수 없다. 이것이 깨달음으로 나아가는 길이다.

EPILOGUE
당신의 삶을 만끽하기를

나를 객관적으로 바라보았다. 참 애써 왔다. 사랑받기 위해,
인정받기 위해, 증명하기 위해. 나는 나를 부족하고 모자라고 별
로인 사람으로 생각했다. 그러니 애쓸 수밖에 없었다. 목표를 이
뤄도 남들이 인정해도 곧바로 공허함이 따라왔다. 이 공허함은
내가 별로인 사람이기 때문에 느낀다고 믿었다. 그래서 괜찮은
사람이 되기 위해 무척이나 애썼다.

내가 스스로를 부족하고, 별로라고 생각하는 이상 타인의 인
정과 사랑은 의미가 없었다. 어찌 되었든 그 결핍을 채우려 힘쓰
게 될 테니까. 그렇게 애쓰는 삶에는 사랑이 들어올 틈이 없다.
그래서 나에겐 늘 사랑이 부족했다. 있는 그대로 완전하고 소중
한 나를 자꾸 깎아내렸다. 그래서 사과했다. 미안하다고, 계속
부족하다 느끼고 고생하게 만들어서.

그동안 참 애썼다. 하지만 이제 그러지 않아도 괜찮다. 나는
죄인이 아니고 남을 돕기에 부족하지도, 성공할 자격이 없지도

않다. 사랑받고 좋은 사람이 되려고 노력할 필요도 없다. 남들이 욕한다고 나의 소중함이 훼손되는 건 아니니까.

좋은 연기를 보여 주고자 노력했던 10년간의 연기 훈련, 무지함에서 벗어나고자 읽었던 수많은 책, 좋은 책을 소개하고자 시작했던 유튜브, 그리고 내가 진짜 나를 찾기 위해 애쓴 과정을 공유하고자 책을 쓰는 지금 이 순간까지. 그 모든 과정에 헛된 순간은 없다. 그렇게 나는 참 잘해 왔다고 스스로를 인정했다.

이제는 나를 사랑한다. 자신을 아끼는 이 마음으로 진짜 자기self 를 찾는 여정을 계속할 예정이다. 앞으로 어떤 삶이 펼쳐질지는 모른다. 그저 매일 나의 내면에 집중하고 살아갈 뿐이다. 이제 애쓰지 않아도 된다. 그러니 당신도 자신을 소중히 여기기를. 평온한 마음으로 이 삶을 만끽하기를.

진짜 행복을 찾고 싶은 너에게

1판 1쇄 인쇄 2023년 10월 20일
1판 1쇄 발행 2023년 10월 27일

지 은 이 변진서

발 행 인 정영옥
편집총괄 정해나
편   집 박소정
디 자 인 차유진

펴낸곳 (주)부크럼
전   화 070-5138-9971~3 (도서기획제작팀)
홈페이지 www.bookrum.co.kr
이메일 editor@bookrum.co.kr
인스타그램 @bookrum.official
블로그 blog.naver.com/s2mfairy
포스트 post.naver.com/s2mfairy

ⓒ 변진서, 2023
ISBN 979-11-6214-458-9 (03800)